わからないので面白い

僕はこんなふうに考えてきた

養老孟司

鵜飼哲夫 編

中央公論新社

「ああすれば、こうなる」って
すぐ答えがわかるようなことは面白くないでしょ。
「わからない」からこそ、自分で考える。
……それが面白いんだよ。

目次

IV

わからないので面白い

僕はこんなふうに考えてきた

Ⅰ

身体を考える……脳はそんなにエライのか

田舎は消えた

近代という表現

文科系では、「日本の近代化」ということばを、頻繁に使ってきたと思う。モダンとかポスト・モダンという表現にも、ともあれ「近代」という意味合いがこめられていよう。しかしこれは、たとえば理科系には、よくわからないことばである。世界を見れば、ただいま現在でも、近代もあれば、前近代もあろう。昨年（九五年）はブータンに行ったが、あそこはいまだに神政政治で、完全な仏教王国である。そのブータンと日本の違いを、近代と前近代といったのでは、わかったようなわからないような気がする。ブータン人だってビデオは見るし、車の運転はする。日本に呼んできたら、多くの人がたちまちこの社会に適応するであろう。それなら前近代人が近代人に変わることになる。

近代という表現には、むろん進歩主義の香りがある。後になるほど、社会はこうしたふうに変化するのだ、と。仮にその変化を変化と呼び、進歩と呼ばないにしても、どこもいずれは近代になるという、暗黙の前提がありそうである。しかし、ブータンがいずれ近代になるかどうか、私は知らない。

私の母は、昨年九十五歳で死んだ。母が小学生のときは、下男が馬の轡《くつわ》をとって、馬で登校したといっていたことがある。戦前戦中は人力車で往診していた。昭和三十年代以降は、もちろんタクシーである。母が前近代人から、近代人になったわけではなかろう。いってみれば、田舎の人間が都会化しただけである。

戦後の日本の変化を「進歩」と呼ぶ人は、もはや少なくなったかもしれない。しかし、「近代化」ということばなら、まだ教科書にも十分に残っていそうである。明治以降、意識的に古いものをなくしていったことはたしかだから、それで世の中が「よくなった」と、ともあれ強弁せざるを得ない。それなら「近代化」を呼称したがるのも、わからないではない。おかげでしかし、自分たちが実際にはどっちを向いて歩いているのか、それがわからなくなったのではなかろうか。「近代」などという方向に、明瞭な矢印が描いてあるわけではない。仕方がないから、西欧化などという人もある。それをいうならアメリカ化だろう。そんな反論も出る。これでは際限がない。

都市化一直線

戦後の日本を評するに、実際的には「都市化」という表現がもっとも適切だと、私は思う。そう考えて、まずはじめに思い当たることは、昭和三十年代だと思うのだが、日本全国の町に「銀座」ができてきたことである。当時それが、マスコミの話題になったという記憶がある。銀座に象徴されるものは、ここは田舎ではない、もはや都市だ、という住民の願望ではなかったのか。なぜかわれわれは、都市化を目指して、一直線に突っ走って来たらしい。民主化とは、どこも都市になり、だれもが田舎者でなくなることだった。

たとえばいまの日本が、徹底的に輸出入に頼っていることは、小学生でも知っている。それは経済が発展し、「近代化」したおかげであろうか。『方丈記』には、次のように書いてある。

「京のならひ、何わざにつけてもみなもとは田舎をこそ頼めるに、たえて上るものなければ、さのみやは操《みさお》もつくりあへん、念じわびつつ、さまざまの財物、かたはしより捨つるがごとくすれども、更に目見立つる人なし。たまたま換ふるものは、金を軽くし、粟を重くす」

これはもちろん、終戦後にもあった風景である。たかがしれたものだったにせよ、わが家から「財物」が消えたのは、戦後の食糧難時代である。そのころに着物その他の売り食いをしていた人たちは、『方丈記』にこんなことが書いてあったなあと思いつつ、そうしていたのであろうか。むろんそれどころではなかったに違いない。鎌倉の街にあったある骨董屋は、戦争中は軽井沢の八百屋だった。軽井沢には、都会人という意味での偉い人が多かっただろうから、食糧難の時代に八百屋をやっていれば、「さまざまの財物、かたはしより捨つるがごとく」持ってくる客が絶えなかったであろう。だから、戦後しばらくしてから、八百屋が骨董屋になってしまったのである。

ともあれ私より上の世代は、そうした状況をもちろんよく記憶しているであろう。さらに私の年代は、食と安全を求めて、田舎に疎開した。いまでは日本がほとんど輸出入に頼っているということは、日本全体が鴨長明のいう「京（みやこ）」になったということである。都市に対立するものは田舎だが、その田舎が日本列島から消えてしまったらしい。それならその田舎はどこにいったのか。すぐには見えないところ、つまり外国に移ったにちがいない。南北問題の「南」とは、つまりそのことであろう。

田舎が「消えた」というと、田舎の人は怒るかもしれない。これは実際に消えたというよりも、意識から消えたのである。いわゆる高齢化社会を考えてもわかるであろう。なぜなら、高齢化社会が最初に来たのは、日本列島のなかでは、過疎地だったからである。それからずいぶん経って、やがて「高齢化」社会になるとマスコミがいい出した。それを見聞きして、私は一人で腹を立てていたが、それは過疎地ではとうの昔に高齢化社会が来ているのに、あたかもそうした事態がこれから来るように報道したからである。この例だけからでも、いかにジャーナリストが都会人かわかる。自分のいるところが「高齢化」しない限り、高齢化社会ではないのである。

戦後の日本は要するに都市化した。「何わざにつけてもみなもとは田舎をこそ頼める」状況なのに、その田舎が「見えない」から、都市だけが現実だと思ってしまう。さらにそれを「近代化」ということばで覆ってしまったら、ますます田舎は見えなくなる。しかし都市が都市のみで立ちはしないことは、それこそ鴨長明だって知っていたのである。だから「国際化」が叫ばれる。しかしそれも、ほとんど外国の都市を向いている。外国の田舎に接するという意味での国際化ではない。外国の田舎というのは、いまではつまりわれわれの田舎ではないか。昨年私はブータンに行ったと述べたが、今年はヴェトナムに行った。なにをしているのかというなら、自分の田舎を表敬訪問しているだけである。いうなれば、どこに「疎開」先を見つけておいたらいいか、それを考えている。

都会人の忘れているもの

都市化は実体であるとともに、意識の問題である。実体は個人にはどうにも手のつけようがないが、意識なら変えられるはずである。ジャーナリズムは基本的に都市のもので、そればかり見ていると、頭の中が都市化してしまう。すでに中国の問題について、中国を都市だと思うと、日本陸軍の二の舞になると書いた。それでも自分の頭が都市びたりだと、それしか見えなくなる。人間の脳は、どうもそういう癖を持っているらしい。船に長い間乗っていると、陸地に下りても、しばらく地面が揺れている。相変わらず海の上だと思って、脳がそれに適応しているのである。

こういうことを書くと、それじゃあどうしたらいいですか、と訊ねる人がある。それが典型的な都会人である。どうにかすれば、どうにかなる。ああすれば、こうなる。都会の人は、ただもっぱらそう信じているからである。信じているのは意識の問題で、まずその意識を訂正してもらわないことには、説明してもムダであろう。都市をどうにかしようと思ったところで、先に自分の寿命が来ることは目に見えている。しかし、自分の寿命がいずれ来るということも、都市住まいでは、おおかた忘れてしまう。なぜなら都市のなかでは、すべてが意識のなかに存在するからである。自分の死は、具体的に意識のなかに存在しない人がほとんどである。自分が死ぬ日は、手帳に書いてないからである。それは「予定」には入っていない。それなら意識にとっては、存在しないのである。

これに類する話をしていて、あんたのいうことなんか聞いていたら、会社をクビになってしまう。何度そういわれたかわからない。こちらは考え方の話をしているのであって、会社の話なんかしていない。考え方を変えてみたら、クビになること自体、問題にならなくなるかもしれないじゃないか。そこには思い至らないらしい。しかし、考え方を変えるということは、もともとそういうことなのである。ガンの告知をされたと思ってみればいい。そのときに自分がどう思うか、それがあらかじめわかるか。私はわからないという意見である。それなら告知されるまでは、それについて考えても、じつは仕方がない。カンボジアに行ったら地雷を踏むかもしれない。だから行かない。都会人は自分の行動をそのように制限する。しかし、極端にいうなら、踏みつけるまでは地雷は存在しない。それでも、地雷を踏みつけたら、取り返しがつかないではないか。じつは人生、取り返しがつかないことの連続である。くり返すが、都市にいると、それを忘れてしまう。

近代化ということばより、都市化ということばのほうが、なぜわかりやすいかというなら、第一に都市は具体的だからである。素直に考えるなら、だれだって都市がどのような原則でできているかを、知ることができる。第二に、都市化なら、はるか以前から人類がやってきたことである。それを「新しい」ことだと考えるのは、自分がそう思っているだけのことである。昔からやっていることだから、参考資料ならいくらでもある。歴史学が意味を持つのは、たとえばこういう点であろう。都市は興隆し、やがて滅びる。それがなぜか、文献調べだけではよくわからない理由は明らかである。文献などというものを残すのは、つまりは都市住民だからである。都市を壊すほうは、文字なんぞ書かないことが多い。

これを書いていても、私の家では、今日はウグイスの鳴き声がうるさくて仕方がない。ウグイスがうるさいといえば、現代では贅沢だといわれるかもしれない。しかし私は石油エネルギーを買って、それで、ウグイスを鳴かせているわけではない。無料で、ただ放置してあるのに、相手が勝手に鳴いているだけである。そういうものがうるさいほど聞こえるのと、大きなスピーカーから鳥の声が聞こえてきたりするのと、どちらがどうか、いうまでもあるまい。紀元前五千年から都市を造って、人間が利口になったとも思えない。もっともそれは、人骨を掘り出して見ればわかる。そのころの人と、現代の人と、骨ではまったく区別がつかないからである。頭の中身も同じであろう。

（一九九六年八月）

メメント・モリ

教会で骨を飾る理由

八月の上旬から中旬にかけて、欧州とアメリカをまわった。例年この時期には国際学会があって、それに出席するのだが、今年は自分の仕事が入れ替わりの時期だったこともあり、関係する国際学会が早めに済んでしまったこともあり、出かけたとはいうものの、珍しく家族旅行のみが目的だった。

学会なら明確な目的があるが、家族旅行にそういうものはない。もっとも個人的な興味ならさまざまあって、私の場合には、暇があればお墓を見る。今回はいってみれば暇ばかりで、しかも二十年ぶりにローマを訪れたから、ここではまず骸骨寺を訪問した。この教会は小さいが、教会内の埋葬所はたいへん変わっていて、坊さんの骨で装飾されているのである。

骸骨寺というのは通称で、正式にはサンタ・マリア・デラ・コンツェチオーネあるいはサンタ・マリア・デイ・カプチーニというらしい。これでは長すぎて日本人にはわかりにくいから、骸骨寺というのであろう。要するにカプチン派の教会である。カプチン派は、アッシジの聖フランシスコに帰依する。カプチン派にはいくつかの分類があるらしいが、素人にはその区別がわからない。裸足にサンダルを履くとか、ベルトが紐だとか、なんだか変な格好の修道士がカプチン派だというのが、私の勝手な印象である。聖フランシスコはなにしろ清貧だから、修道士の格好はそれを象徴しているのであろう。カプチン派の修道士はおよそ愛想がない。あまり口をきかないし、話しかけても、話を聞いているのか、聞いていないのか、よくわからない。それでも寄進をしたら、それなりに親切にしてくれた。

カプチン派の教会には、しばしば骨がたくさん置いてある。イタリアでは、シシリーのパレルモにも骸骨寺がある。ローマの骸骨寺は規模は小さいが、とにかく教会の位置がヴィットリオ・ベネト通りという、高級ホテルや店舗が立ち並ぶ通りだから、有名なのだと思う。この教会墓地は建物の中にあり、十六―十九世紀のあいだに亡くなった四千人ほどの修道士の骨を利用して、それで壁飾りや照明の装飾などを作っている。

こうしたやり方は、日本人の感覚ではあまりふつうではない。だからむしろこの種のものを私は長年調べているのである。骨を飾るという、こうしたやり方の目的は、常識的にはまず第一にメメント・モリ、つまり「死を忘れるな」という教訓、日本でいうなら諸行無常を説くことであろう。その説き方が文化によっていろいろあるわけで、日本の中世にも死者の変わり行く姿を描く九相詩《くそうし》絵巻などがあるから、それならまあわからないではない。第二に、こうしたことで、人目を惹くという目的があろう。教会だって、人が集まってくれなければ、仕事にならない。現に今回も、教会墓地が開くまでの時間に、すでに骸骨寺の入口には、見物客の行列ができていた。

イタリアを訪問すると、なにより目立つのは教会である。西欧はどこでも街の中心に教会があるから当然だが、それにしてもイタリアではとくに目立つような気がする。今回も結局は教会めぐりになってしまった。人集めには、目立つのがいちばんいいわけである。だから小さな教会も、それなりに工夫をこらす。ラテラノ教会、ローマでの言い方ならサン・ジョヴァンニの大教会のそばに小さな教会があって、ここにはキリストが十字架を背負って上ったという、二十八段の階段がある。エルサレムから運んだといわれているが、この階段をなんといまでも、信者が膝で上っている。祈りを唱えながら、はい上がるのである。旧アッピア街道にあるクオ・ヴァディスの教会では、キリストがペテロの前に立ったときの足跡というのが置いてある。この足跡は写しで、ホンモノは別な教会にあるという話まであるから、昔から教会も人集めには苦労しているらしい。もっともいまでは、クオ・ヴァディス*を知らない人がほとんどであろう。同行した娘に、知っているかと聞いたら、知らないといった。シェンケヴィッチ（一八四六〜一九一六年、ポーランドの作家）に同名の長い小説があるが、あんなもの、若者は読む暇がないらしい。

イタリアでは、教会をまわっていれば、日程がほぼ潰れてしまう。ローマ駅の近くにはサンタ・マリア・マッジョーレという大きな教会があって、ここには美術史の講義ができそうなほど、いろいろなものがある。もちろんローマにはヴァチカン、サン・ピエトロ教会があるから、これだけ大きな教会でも、比較的には目立たない。

医者の第十一戒

教会が目立つのには、ほかにもさまざまな理由があろう。しかしなによりメメント・

モリが重要なのだというのは、私の個人的意見である。教会にせよ、お寺にせよ、死者とは縁が切れない。死者を思い出させることは、社会の健全性にとって重要なことだと思う。医者にも、第十一戒というのがある。これは、いかなる患者もいずれはかならず死ぬ、というものである。人命尊重というが、この第十一戒を忘れると、同じ人命尊重でも、話が極端になってしまう。現代医学のかなりの問題がここにあることは、多くの人が気づいておられるであろう。患者を助けようとするのはいいが、余計なお世話になってしまいかねない。それはこの第十一戒を忘れているからである。

これは医師に限らない。社会もそうである。ローマ帝国も滅びた。個人が死ぬだけではない。文化や文明も滅亡する。それを教えるのが教会であり、お寺である。それが街の中心にあるのは、大切なことであろう。われわれは富や権力や名誉や、さまざまなものを追って生きる。それにしてもしかし、いずれはこうだよ、と。それがメメント・モリであろう。現代は宗教を放逐したが、おかげでメメント・モリの重要性を忘れてしまった。現代人は自分がいつまでも生きるつもりでいるのである。

とくに組織のなかに入ってしまうと、死を忘れる。組織はむしろ、そのためにあるらしい。個人は死んでも、組織はとりあえず生き延びるからである。だから脳は組織を創り出し、身体を服従させようとする。骸骨寺は、人にはその両面があることを、親しく知らせてくれるのである。寺を維持するのは組織だが、そこに置かれているのは個人のなれの果てである。こうしたものを日常見ているイタリア人が、現代文明にいささか後れをとったように見えても不思議ではない。メメント・モリには、そういう力がある。

家内と娘は、フェラガモだ、グッチだ、ヴェルサーチだと騒いでいるが、こういうファッション産業も、見ようによってはメメント・モリの産物であろう。日本もそうだが、諸行無常は美的感覚を究極的に呼び起こす。人生には、それしかないからである。ほかのものは、いずれにせよ滅びる。滅びるからこそ美しい。堂々とそう主張できるのは、美だけである。教会が美術品の展示場になるのも、そのためであろう。そう思えば、イタリアの大教会と、わび、さびという日本人の感覚とが、そうずれているわけではない。フォロ・ロマーノの遺跡のある街に、サン・ピエトロ大聖堂がまだ生きている。しかし古代ローマの遺跡を見れば、サン・ピエトロもまたいつかは滅びるに違いない。それがわかる。おなじ諸行無常でも、ローマの諸行無常は、日本に比べて規模が大きい。それだけのことであろう。

なぜイタリアなのか

宗教は本来、現実社会の解毒剤である。その解毒剤が毒になることも年中である。イタリア教会の歴史は、それを象徴している。新興宗教はたえず生じ、それはやがて社会に吸収される。こうして社会は自身の解毒剤を含んで生き延びる。マルクシズムはその機能を批判し、宗教は阿片だといった。どういってみたところで、宗教が消えてなくならないことは確かであろう。そこにはメメント・モリという意味があるからである。

死体を保存するのは、西欧では普通のことである。ローマには、フランシスコ・ザビエルの右手を置いてある教会もある。宝物館と称する王家や教会の博物館を訪問すれば、聖人の骨が美しく細工された箱の中に置かれていることに、ただちに気づくであろう。だからレーニンのミイラが作られて、なんの不思議もない。ただそこで、メメント・モリが表面に出てくるのは、イタリアである。イタリアの教会で骸骨の絵や彫刻を見たら、メメント・モリだと思ってたぶん間違いない。そういうものは、アルプスを越えるとあまり見かけないのである。同じ骸骨が描かれていても、意味が違うことが多い。なぜイタリアがメメント・モリなのか、よくわからない。しかし、ひょっとするとそれは、イタリアがヘレニズム文明、つまり古代都市文明の遺産を引き継いだことと関係があるかもしれない。メメント・モリは都市には必要なものだが、田舎にはむしろ不用なものなのである。自然はメメント・モリそのものだからである。

紀元前にはピラミッド、古代には神殿、中世には大聖堂がある。近代はこういう大建造物をやめてしまい、それを書かれた歴史や、信仰そのものや、科学という信仰に変えた。そのほうが確かに安くつくし、変更が容易なのである。科学にいたっては、要するに方法論であって、結果はいつでも変更可能である。それが行き着く先が、ヴァーチャル・リアリティーであろう。大聖堂を作ってしまっては、壊すのは容易ではない。コンピュータのなかの仮想現実なら、いくらでも変更可能である。こうして世界は、まさしく脳のなかになりつつある。大聖堂はまだそれをハードとして実現しようとしたものなのである。ハードにするには、お金も人手もずいぶんかかる。なによりもハードだから、資源の浪費と環境破壊が伴う。いったん作ってしまえば、変更がむずかしい。他方、ヴァーチャル・リアリティーになんらかの利点があるとしたら、それがソフトだということであろう。ハードで作られた脳化社会が都市であるとすれば、ソフトで作られた都市がヴァーチャル・リアリティーである。どちらをとるかというなら、私は後者をとる。

そのほうが、直接の環境破壊が少ないという、条件がつきはするが。
ヴァーチャル・リアルの世界でも、メメント・モリは残るであろう。なぜなら個体はやはり死ぬからである。それでいいわけで、そこまで変更しようというのは、人間の勝手である。変更できればやろうとするだろうが、おそらくその意味はないであろう。もちろんやるかやらないか、それはその場になってみないとわからない。私がそれまで生きているはずはないから、それを考える必要は私にはない。それがつまり、メメント・モリが教えてくれることである。

（一九九六年十月）

＊クオ・ヴァディス（Quo Vadis）は、ラテン語で「あなたはどこへ行くのか」を意味する。ペテロがキリストに問いかけた言葉。

現代こそ心の時代そのものだ

昨年末はタイで過ごした。タイ国南部のプーケット島で相変わらず虫捕りをしていた。プーケット島は砂浜の多い保養地として知られる。しかし中央に標高五百メートルほどの山もあり、一部が国立公園に指定されている。だから虫も、それなりにいろいろいる。保養客にはドイツ、オーストリア、北欧の人たちが多い。太陽のない冬を過ごさなければならない地方の人には、明るい陽光に満ちた浜辺は、ほとんど天国に見えるはずである。

虫を捕らない時間は、もっぱら考えごとをしていた。「差異と同一性」という問題である。昨年はこの主題で私的シンポジウムを開催した。そこで出なかった結論を出そうとして考えていたら、プーケットではあっという間に自分なりの答えが出てしまった。なんの努力をしたわけでもない。することが他になかっただけである。ところが日本にいると、不思議にものが考えられない。

大学に行っても、いわば雑用ばかりで、たちまち考えられなくなる。学問は人間関係ではない。しかし世間では人間関係に関わる用件がほとんどである。いまでは大学も完全に世間のうちになった。したがって大学は、もはやものを考える場所ではない。

さらに学問はかならずしも他人を満足させるためにするものでもない。その結論が、当面は世間の害になることすらあろう。しかし人間関係が中心の世界では、世間の害になる結論など、そもそも出るはずもない。他人の機嫌を損ねることは、いまでは社会最大の禁忌に近い。

帰国して年が明けてから、つれづれなるままに『中央公論』を読んだ。松井孝典《たかふみ》、岩井克人両氏の対談がある（二〇〇一年二月号掲載「欲望の倫理学」）。その中でお金とは可能性への欲望だという指摘があった。だからその欲望には際限がない、とある。たしかにそうである。お金とは、それを使う権利のことである。その権利はお金の段階ではまだ使用されていないから、つまり可能性である。

人間の通常の欲望には、進化の過程で発生した歯止めがかかっている。腹いっぱい食べれば、それ以上は食べられない。いかに女好きでも、一晩に百人の相手はできない。

お金はそうした具体的な欲望を満たす可能性を与えるが、その可能性そのものに対する欲望には、進化上の歯止めがまだかかっていない。こんな変な脳を持ったのは、動物界広しといえども、ヒトだけである。

食欲や性欲を通常の欲望とすれば、金欲はメタ欲望である。欲望を満たす可能性への欲望だからである。個々の具体的欲望は、それ自体を満たせばとりあえず消失する。欲望への欲望はそうはいかない。

そこから私の考えは、欲望の逆方向へ飛んだ。たとえば不安はメタ恐怖である。恐怖は対象が明確だが、不安の対象は不明確である。不安の対象はかならず漠然としている。かつて戦争の原因を飢えに対する恐怖と見た人もある。「飢えに対する」というふうに、対象が特定されれば、それは不安ではなく、恐怖になる。戦争の原因が実際に飢えに対する恐怖であるなら、食糧を徹底して増産すればいい。ドラキュラが怖いなら、ニンニクと十字架と銀の弾丸を用意すればいい。ところが恐怖の対象がはっきりしないうちは、ひたすら不安である。したがって不安も金欲と同じで、際限がない。お金がないと不安でしょうがない。両者がそういうふうに結合するのも、ごくふつうであろう。

戦争がなぜ起こるか、もちろん素人にはよくわからない。しかしその背景には、なにかの不安がある。それがしばしばであることは、間違いないであろう。このままでは、先行きあいつらの思うようにされてしまう。そうした漠然とした不安が、戦争の背景にはあるはずである。こうしたメタ恐怖を政治が利用することは、経済がメタ欲望を利用することと同じである。

冷戦時代の始まりには、ドミノ理論があった。中国が赤化すれば、近隣諸国が赤化する。近隣諸国が赤化すればさらにという具合に話が勝手に進行して、ゆえに世界が赤化する。それでは大変だというので、とりあえずそれを防止しようという、ヴェトナム戦争のような戦争状態が起こる。そこで核兵器が使われなくてよかったが、使われていたら、いまごろ世界は終わっていたかもしれない。世界の終わりを避けようとして、その手段のために世界を終わらせる。メタ恐怖には、極端にいえば、そういう力がある。

日本ではそれがいささか縮小再生産されて、「有事」に変わったらしい。それを危機管理という。危機が起こったら大変だ。それなら平時にそれに対する準備をしておく必要がある。それ自体は結構だが、まず危機の定義を考えてほしい。危機とは、そもそも管理できない状態をいう。それを「管理する」とはどういうことか。私の辞書はそこでたちまち混乱におちいる。

昔の人は、こういう問題にどう対処したか。昔は社会自体が貧乏だった。食っていくのに精一杯だったから、危機管理などという贅沢はいえない。それなら、いうことは一つしかない。だから覚悟といった。「洪水が来たらどうする」「覚悟してます」というわけである。いまそれを政治家や官僚がいえば、無責任だと怒鳴られるだけであろう。だから覚悟は死語になった。まことに天下泰平である。

いまでは人は大かたのことは、人力で対処できると本気で信じているらしい。それでも当の本人は、しばしば自分で気がつかないうちにガンになり、思わぬ時期に死んでしまう。それで危機管理をいう権利がどこにあるかと思うが、ふつうはそうは思わないのであろう。

だから医者にかかれといっているわけでもない。九十歳近い年配の方が、胃ガンの検診を受けに行った。胃カメラをのんでいる最中に、心筋梗塞を起こして死んだ。それならまだしも、近頃はうっかりすると、点滴に筋弛緩剤が入っていたりするらしい。* 本当にその必要がないかぎり、医療など、いい加減に受けるものではない。

メタ欲望も、メタ恐怖も、うっかりすると利用される。それを持つのはたいへん人間らしいことだが、それは人間の弱点でもある。欲を出せば際限がないし、不安を搔き立てれば、これも際限がない。それがわかっているから、たとえば仏教は、五欲を去れといったのであろう。メタ欲望を抑えるのは、つまりは文化である。脳だけが作り出すものがメタ欲望だから、それを抑えるのは、やはり脳の作り出す文化しかない。それを遺伝子に頼っても、急場には間に合わない。

プーケット島の影響ではないが、私は仏教国を贔屓《ひいき》にしている。イスラム国やキリスト教国は、しばらく滞在していると、なんだか肩が凝ってくる。そんな気がする。それは私の偏見だから、べつに悪口のつもりはない。素直にそうなるから、仕方がない。肩が凝るくせに、そういう世界ではマッサージは盛んではない。仏教国のタイや、ヒンズー教のバリでは、よいマッサージがある。これは宗教のあり方と無関係ではないように思う。

マッサージとは変なもので、要するに精神に影響する。肉体の状態が、精神に直接に影響することを、これほど明確に示すものはない。それを一部の宗教は嫌うのかもしれない。マッサージ中に突然怒り出す客というのは、まずいないであろう。平穏な精神は、平穏な身体から生まれる。

メタ欲望の無限性と身体性は相反する。身体はそもそも有限であり、あらゆる意味で質素なものである。いくら美食を好んだところで、個人の食欲など、たかが知れている。もちろん満腹中枢を破壊してしまえば、いくらでも食べるようになる。しかしだれかがそうなったところで、世界が食糧に不自由することはない。メタ欲望はそうはいかない。しばしば世界を破壊する危険を孕《はら》む。

歳をとったせいか、近頃よくこういうことを思う。身体が統御できないのは若い時代である。力がありすぎて、若者はときどき困ったことになる。七十歳にでもなれば、身体に関するかぎり、孔子様のいう、己の欲するところに従って矩《のり》を踰《こ》えずであろう。

いまでは癒しが、ひそかにか、公にか、流行している。もともとこれは宗教が与えていたものの一つである。その宗教がはっきりいえば役に立たないから、癒しが流行する。マッサージも一種の癒しであろう。宗教のいう救いに比較すれば、癒しは軽い。その軽いものが社会的に要求されるのは、身体の欲求のつつましさを示している。

若者の極端な犯罪を見聞きして、しばしば人は心の問題を語る。私はむしろ身体を語りたい。癒しは心の問題ではない。世上伝えられる奇妙な凶悪犯罪もまた、身体がらみであることは、いうまでもない。現代人が抱えているのは、心ではなく、身体の取り扱いの問題である。現代社会はまさに心の社会、意識中心の社会だから、身体という無意識の声が聞こえない。オリンピックという騒ぎは、その意味では害悪でしかない。ふつうの人には、ああした身体の使用はとうていできない。あれは日常とは、まったく無関係なのである。

メタ欲望が肥大するのは、それが単純な身体的欲求を置換するからであろう。しかし単純な欲求は、単純であるだけに別なものでそれを満たすことができない。別なものでそれを満たそうとしたとき、無限欲求の地獄におちいる。満腹中枢が壊れているならともかく、それが機能している人なら、食べ過ぎるはずはない。別な欲望を食べることによって満たそうとして過食におちいる。なぜそうなるかというなら、自分の身体の声が素直に聞こえてこないからであろう。その意味で、現代こそ心の時代そのものだ、というしかない。

（二〇〇一年三月）

＊宮城県仙台市の医療機関で患者の点滴に筋弛緩剤が混入されたとする事件。二〇〇一年一月、当時勤務していた准看護師が殺人と殺人未遂容疑で逮捕されたが、本人は犯行を否認。

原理主義vs.八分の正義

台風が来た日に、都内で講演をする予定があった。たまたま台風が上陸する時刻に、鎌倉の自宅を出た。そのわりにはこれということもなく、無事に会場に着いた。そのため時間が余ったので、主催者側の人たちとしばらく雑談をした。どうして話がそうなったか、経過は覚えていない。しかしその雑談の最後は原理主義の話題になった。

いくら自分で正しいと信じるにしても、それはたかだか千五百グラムの脳味噌が、そうだと思っているだけのことでしょうが。エルサレムだって、考えようによっては、ただの地面じゃないですか。もっとも原理主義の国でそんな主張をしたら、殺されるのがオチでしょうけどネ。どんな主張であれ、原理主義は困ったものだ。私はそう思います。しかし原理主義的なものすべてに反対すると、これは「原理主義に反対するという原理主義」になってしまいます。原理主義に反対すること自体が、徹底的にやれば、それ自身がまた原理主義になってしまうのです。だから原理主義は滅びない。それなら、どう考えればいいか。私がそう述べたところで、最後の答えまで行かず、時間が来て雑談が終わった。

夜の十時頃、ふと居間に行くと、家内がテレビを見ている。ビル火事の報道だが、見覚えのあるビルである。ニューヨークの世界貿易センターが火事だ。そう気がついた。そのうち画面の右手から双発機が飛んできて、燃えているビルの裏にある、もう一方のビルに衝突した。

ビル火事の報道のために飛んできた飛行機が、操縦を誤ってビルに激突したのか。そう思ったが、聞こえてきたアナウンサーの話から、すでに起こっていた火事も飛行機の衝突のためだと知った。それならテロじゃないか。

日本側のアナウンサーが、現地の特派員と話をしている。しかし現地の側は、二機目が衝突する画面を見ていなかったらしい。「いまもう一機がビルに衝突したように思うんですが」と、いま思えば、なんだか間の抜けた質問を日本側がしている。画面に映ってるんだから、衝突したに決まってるじゃないか。テレビの前で私はそうわめいた。

テロだとすると特攻か自動操縦か。まずそう思った。飛行機の種類が特定できるほど、画面をよく見ていたわけではない。はじめはビジネス用の比較的小型のジェット機かと思った。その種の飛行機を無人で飛ばして、ビルにぶつける。技術の時代だから、その程度のことはすぐにできるであろう。人が乗っていれば特攻だが、まさかと思う。

そのうちハイジャックがあったという報道である。それなら「まさか」のほうだ。特攻は日本が本家かと思っていたが、日本経済が高度成長を果たし、アラブ原理主義が登場してからは、本家のほうは特攻とはすっかり無関係という顔をしている。

最初に原理主義の話を書いたのは、たまたまこの事件に関係する話を昼間していたというだけのことである。しかしかつて私が脳化社会という言葉を創案した理由の一つは、この原理主義にある。すでに述べたように、いくら自分の信念が正しいと思うにしても、それはたかだか千五百グラムの脳味噌がそう思っているだけのことですよ。脳化という言葉には、そうしたメッセージをこめたつもりである。本気でそう思えるなら、命をかけて飛行機でビルに突っ込むことはないはずである。脳が身体を思うようにしていいという根拠はないからである。

しかも「あらゆる原理主義に反対する原理主義」に陥らないためには、経験的な、あるいは客観的な、きちんとした基準を置かなければならない。私の考えでは、それはわれわれの脳味噌である。なぜなら、アラブ人であろうが、アメリカ人であろうが、脳について成り立つことは、誰についても成り立つはずだからである。

脳味噌という視点からすれば、多くの人命を無視して飛行機でビルに突っ込むのも、脳がすることとである。脳にそういう悪い癖があることは、経験的によくわかっている。それなら人々はそれを警戒する技を、とうに身につけていていいはずではないのか。

戦争中に育ち、大学紛争を通った世代としては、原理主義あるいは原理主義的なものには、コリゴリしている。その意味では、私の思想はいわゆるリベラルなのであろう。非常時には徹底的に馬鹿にされるか、あるいは目の仇にされる考え方である。だからこそ、自分の議論に客観的な根拠を置きたいと私は思った。それが脳化社会論になったのである。

世界貿易センタービルも、それに突っ込んだ旅客機も、脳化の象徴といえる存在である。こうした脳化世界がいかに脆弱《ぜいじゃく》か、それを意識しない人が多い。それは今度の事件の反応からもわかる。そういうものが安全であって当然だ。そう思っていたらしいからである。べつに安全ではない。今回のことがそれをよく証明している。

じつは私は高層ビルが大嫌いなのである。エレベーターに閉じ込められる、上層階にいて電気系統が止まる、火事になる、地震に遭う、そうした状況を想像しただけでともかく怖い。今回はビルがやがて崩壊することまで、わかってしまった。だから高層ビルでの講義など、やりたくない。今回の事件で、さらにやりたくなくなった。

べつに死ぬのが怖いわけではない。死に対する恐怖と、こうした事故に出合う恐怖はじつは違う。私のオランダ人の友人は飛行機が大嫌いだった。だから来るように誘ったが、とうとう日本に来なかった。しかしこの男は後に自殺した。自分で死ぬのはかまわないが、飛行機で落ちるのはいやだ。脳とはそういうものである。

アラブとイスラエルの争いが、どうしてやめられないのか。日本でいえば成田問題、つまりパレスチナ人が土地を取られたという問題もあろう。その後ずっと続いている殺し合いの問題もあろう。しかし私が疑うのは、根本的には原理主義どうしの衝突である。保守派とか強硬派というのは、しばしば原理主義の臭いを帯びている。

「右の頬を打たれたら左の頬を」という宗教、そうした言葉が書かれた聖書を「文字通り正しい」とするファンダメンタリズム、それを奉じる人々によって創られた国が、テロへの徹底報復を叫ぶ。それが原理主義であろう。原理主義とは、その字面《じづら》に反して、ある面では徹底的な便宜主義である。

わが国では相変わらずの新聞報道だが、テロ側の意見がまったく出ないのは、どういうわけであろうか。意見なしで、特攻が行われたのか。テロリストの遺書が見つかった。そう報道されたが、そこにはなにが書かれてあったのか。

大統領を含め、アメリカ政府の高官は「これは戦争だ」といったという。まったくの非戦闘員を、予告なしに無差別に大量に殺す。私のように古い世代は、そのような行為を戦争とは呼びたくない。たとえ戦争であっても、そうした行為は戦争犯罪とされると考える。べつな言い方をすれば、つまりテロである。しかしアメリカ自身がいまではそう思っていないらしい。自分で戦争だというからである。広島の原爆を考えても、これはアメリカの定義における「戦争」なのかもしれない。

日本のある新聞報道によれば、アメリカ大統領は「涙を浮かべながら」「私はこの戦争に勝つことを固く決意した」と語ったという。虎が鼻の頭をネズミに思いっきり齧《かじ》られたとき、そういった。そんな気がしたのは、私が不謹慎だからか。それともアラブ原理主義はそれほどの大敵なのか。あるいはかつて中国がいっていたように、アメリカは張子の虎か。

私が原理主義一般を警戒するのは、それが役に立たないからではない。時にあまりにも有効だからこそである。その効果は、今度のテロにも見る通りである。だからこそ原理主義は、いつでもあり、繁栄もしてきた。しかしそれは善にも悪にも有効なのである。われわれが見ている世界は、繰り返すが、たかだか千五百グラムの脳が決めている世界である。ヴァーチュアルな世界などない。もしヴァーチュアルという概念を認めるなら、すべての世界像はヴァーチュアルであるというしかない。それはつねに「脳に映った世界」に他ならないからである。

私はいわゆる特攻が身近である時代に育った。だからそれは他人事ではない。育った時代に聞きなれた歌だから家で私は「嗚呼《ああ》神風特別攻撃隊」という歌を口ずさむ癖があった。それを死んだ私の母は嫌った。若者たちが、わかり切った死に向かって出て行く姿を見ていたからであろう。一度だけ、そう語ったことがある。

なぜわれわれは、戦争がやめられないのか。正義の戦争があるからであろう。さらにいうなら、正義があるからであろう。特攻のアラブ人も正義を信じ、アメリカもイスラエルも正義を信じている。それが脳なのである。それならその脳は正義か。だから私は脳のことをあえていう。

それをニヒリズムと称する人もある。そうではない。腹八分ではないが、正義も八分だ。私はそういっているだけである。残りの二分とはなにか。すべての脳は完全ではない。それをつねに考慮すべきだ。それだけのことである。だから私は自分の考えすら、八分ほども信用していない。

八分の主張は、十分の主張に短期的には負ける。二分足りないから、負けるに決まっている。私見によれば、だから原理主義はたえず再生産され、そして相変わらず戦争はやまないのである。

（二〇〇一年十一月）

犬と猿

このところ日本の田舎めぐりをしている。べつに好んで田舎に行くのではない。虫の季節になったが、虫は都会では捕れない。だから田舎に行く。六月は福井と高知と山口に行った。

福井では、今庄町（現在の南越前町）の古家の囲炉裏端《いろりばた》で、地元の人たちと話をした。有機農業をやっている人たち、ダイオキシンが出るから焚き火をするなという法律などとんでもないという運動をしている材木屋さん、田園都市を作りたいという森林組合長、その他である。そういえば、町長さんも参加していた。

そのうち畑にサルが出る、イノシシが出るという話になった。そうしたら、役所を定年になって、いまは有機農業をやっているというオジサンが言い出した。「ここ十年、役所がやらなくなったことがある、あれだな」。

答えはなにか。野犬狩りである。野犬がいなくなったから、役所は野犬狩りをしない。同様にして、野犬がいなくなったから、サルだのイノシシだのの天下になった。まさに納得。

野犬というのは、里の近所をウロウロしているもので、そんなものがいたら、私がサルなら人里近くには出ない。なにしろ犬猿の仲、私がかつて飼っていたサルはイヌに尻尾を噛み切られたことがあった。

田畑にサルやイノシシが出るのは山が荒れたからだ。そういう意見もあった。人里のほうが食料になるものが多い。しかも美味である。だから里に出るという意見もあった。でも真相はおそらくイヌ、正確にはイヌの不在であろう。すべてのイヌを紐でつないで、自由には動けなくした。それでいちばん喜んだのは、サルであり、イノシシであり、シカだったらしい。日本にもはやオオカミはいない。

細川元首相が湯河原で陶芸と畑をやっている。知人にそう聞いた。その知人があるとき細川宅を訪問したら、細川さんが檻に入って畑仕事をしている。なぜ人間が檻に入るのかというと、サルが出るからである。それならイヌを飼えばいい。というより、だから人はかつてイヌを飼うようになったのであろう。番犬とはそういう意味である。なにも泥棒の番をするだけがイヌの役目ではなかった。サルだってイノシシだって、農家から見れば泥棒の一種である。それがわからなくなったのが都会人であろう。

どうすればいいか。イヌを参勤交代させればいい。一年のうち適当な期間は、飼い主ともども田舎に行き、山野を走り回ればいい。それが本来のイヌの姿ではないか。それをこれっきり愛玩動物にして、恬《てん》として恥じないのはだれか。イヌを虐待すると、動物愛護の人たちが怒る。それなら紐で一生つないで飼っているのは、虐待ではないのか。

わが家のネコは、紐でつないでない。勝手に家を出入りしている。一年前に飼ったネコだが、おかげで当方の手から餌をとるまでに慣れていたタイワンリスが来なくなった。そのくらい、野生動物は捕食者に敏感である。それで当然で、それでなけりゃ生きていけない。

野犬の問題は、いわゆる環境問題の象徴である。イヌを管理せよと主張した側は、まさかその結果、サルとイノシシとシカが農作物を荒らすようになるとは考えなかったであろう。一方の秩序は、他方の無秩序を引き起こす。これをエントロピーの増大といって、熱力学を学んだ人はだれでも知っているはずである。

われわれはかならず寝る。寝ないで済ませようと思っても、それは続かない。なぜか。

起きている状態とは、意識がある状態である。意識とは秩序正しい活動である。無秩序な意識などというものはない。意識が秩序的活動であるなら、それはどこかに無秩序を生み出しているはずである。イヌを管理すれば、サルが出てくるはずなのである。

意識という秩序活動が生み出した無秩序は、脳自体に蓄積する。脳に溜《た》まった無秩序を、脳はエネルギーを遣って片付ける。その作業の間、当然のことだが意識はない。それを人々は「眠る」という。眠るのは休んでいるのだ。それが通常の了解であろう。休むというのはエネルギーを遣わない。ところが寝ていようが起きていようが、脳はエネルギーを消費するのである。ということは、寝ている時間は「休んでいる」つまり「エネルギーを遣わない」時間ではない、ということである。それは「無秩序を減らして、元の状況に戻す」ということなのである。

だから覚醒剤の使用は、脳を傷害する。長期に使用すれば、統合失調症に似た状況が出現して、回復が困難な障害を生じる。もちろん眠らないで暮らすことも不可能である。意識があるということは、同時に眠りが存在することなのである。

都会人の問題は、意識的活動こそがまともな活動だと思い込んでいることである。寝ているのは、ただ休むためだ、と。そうではない。意識が存在することに、眠りは必然として伴っているのである。それが自然の法則である。秩序的な活動は、それだけで存在することはできないのである。

そこが納得されていないと、意識的活動のみが「正しい」という錯覚が生じる。現代社会の根本的な問題がそれだということは、わかる人にはわかっているはずである。起きている間、つまり「意識がある」間は「自分は絶対に正しい」などと思ってしまう。だから車に爆弾を積んで自爆したりする。そういう人は、寝ている間は自分はどう考えているんだと、たまには反省すべきなのである。

起きている間は、これっきり「正しい」と思っていることでも、寝ている間にどう思っているか、知れたものではない。

とまあ、こんなことを述べても、多くの人は確信がないであろう。そもそも熱力学というのは、理解しづらい学問なのである。脳の無秩序をエネルギーを遣って解消すると述べたが、それなら無秩序はどこに行くのか。脳が遣えるエネルギー源はブドウ糖だけである。つまりブドウ糖の分子が水と炭酸ガスに分解され、そこで生じるエネルギーが遣われて脳に秩序が戻る。糖分子が水と炭酸ガスという簡単な分子に変化する過程が問題で、つまり脳の無秩序は最終的にそこに移転したのである。

イヌをつなぐ話がなんでそこまで行くかと思われるかもしれない。でもそういうものなのである。それを適当に考えを打ち切ってしまうから全体としての結果がおかしくなる。イヌを管理すれば、子どもがイヌに嚙まれないで済む。現代人はすぐにそういう論理を使う。これを私はかつて「ああすれば、こうなる」と呼んだ。現代人はほとんどそれで生きている。子どもがイヌに嚙まれることばかり考えている人は、農作物を食い荒らすサルのことまで、考えが及ばない。それでもイヌを徹底的に管理して、「自分は自分の責任を果たした」などと思っているのに違いないのである。

その意味で私は、ある種の責任感の強い人を信用しない。「きちんとやる」ことは大切だが、それは場合による。自然に対して、つまり全体がかならずしも理解できていないものに対して、「きちんとやる」ことは、しばしば別な大問題を引き起こす。あるていど人生を生きてきた人なら、それは常識としてだれでも知っていることであろう。

自然を「管理しよう」という人間の意識は、環境問題を引き起こしてきた。その根本は、「秩序的活動は無秩序をどこかに排出する」という大原則を忘れたことにある。その無秩序はとりあえずは「見えない」ことが多い。とりあえず見えなければ、それはとりあえず「ない」ことになる。このようにして、どれだけのものを「ないこと」にしてきただろうか。

おかげでホタルがなくなり、草花がなくなり、さまざまな生きものが「なくなった」。それでもなおかつ人は自然を「管理」しようとし、それを「正しい」と主張したがる。私は年寄りだから、「勝手にしやがれ」と思っているのである。どうせこちらは墓に行くだけ、あとのことは知ったことか。

（二〇〇四年八月）

養鶏場に似るヒト社会

鳥インフルエンザ*の問題は、現代社会のヒトの問題と同じである。それが暗黙のうちにわかっているから、逆に世間の騒ぎになるのであろう。

ブロイラーとして飼育されている鶏は、現代の都会人に似ている。目の前を餌と水が流れ、小さな金網の檻に閉じ込められている。いささか狭いとはいえ、この檻をマンションだと思えばいい。

人間は自由に動き回れることになっているが、広義の餌の問題を考えると、移動は決して自由ではない。広義の餌とはつまり給料で、餌をくれる勤務先から勝手に逃げ出すわけにはいかない。移動の自由はここでは程度問題にすぎないのである。

私は足掛け七年、台湾の養鶏場でスンクスを捕っていた。実験動物として使うためである。スンクスを古くはジャコウネズミと呼んだが、これでは本当のネズミである齧歯《げっし》類《るい》と紛らわしい。スンクスの正体は食虫類で、つまりはモグラの仲間である。それで学名をそのまま取り、スンクスと呼ぶことになった。

スンクスは養鶏場から出るさまざまのゴミ、壊れて捨てられた卵や死んだ鶏、鶏の排泄物にわくハエのウジなどを食べている。スンクス捕りのおかげで、私は養鶏の現場を具体的に知っている。ただし知っているのは養鶏そのものではない。その裏、つまりゴミのほうを、である。

養鶏場でのネズミ捕りは、なんだか解剖学に似ていた。解剖は人間社会をいわば裏から見ている。社会を構成しているのは生きた人間で、そこでは死んだ人は別扱いである。養鶏場でも話は同じである。

価値のあるものは、表で収奪される。裏に残るのは、表の価値を逃れたものである。養鶏場でいえば、鶏自身や卵が商品化されることはもとより、鶏の排泄物すら肥料にすることができる。だからコンクリートの床に排泄物を広げて乾かす。ただし雨が降るとウジが大量に発生する。ウジはスンクスの餌にはなるが、表の価値はない。

思えば、自分でも変な人生を送ってきたと思う。どんな偉い人でも、死んでしまえばそれまでである。その「それまで」から、解剖という私の仕事が始まる。養鶏場の経営者にはスンクスを飼育する意図はない。しかしその養鶏場に依存して、スンクスは増える。人間社会での私自身も、養鶏場のスンクスのようなものだった。そんな気がする。

しかしそのスンクスの目から見れば、飼われている鶏とは奇妙なものである。鶏の人生があれでいいのか悪いのか、スンクスには判断ができない。餌も水も確保されて生活は安泰だが、病気が流行するとたちまちやられる。単調というなら、これ以上単調な暮らしはない。

他方スンクスのほうは、汚いものを食べているから、きわめて丈夫である。血液を調べても、ほとんどのウィルスに対する抗体が見つからない。感染症の専門家はそういった。じゃあなぜ病気にならないのか。よくわからない。私もよく東南アジアの田舎を旅行するが、べつに病気にはならない。いまの若者は肝炎になったりするのだが。

スンクスの仲間は、大腸がきわめて短いので、お腹の病気になりにくい。たとえコレラ菌を飲ませても、すぐに外に出てしまう。腸内細菌叢というやつが、きちんと成立していないのである。

生きものとは、こういうふうに、じつはさまざまである。私がこうだから、相手もそうだというわけにはいかない。都市社会はそれを単調化した。どこも同じにしてしまう。

いま日本の町の郊外に出たら、どこがどこやら、まったくわからないであろう。コンビニ、ファミレス、パチンコ屋、ガソリンスタンド、これでは地域の特性もなにもない。大きく見れば、しだいに養鶏場に似てくるのである。日本の養鶏場も、台湾の養鶏場も、その部分だけ写真に撮ったら、区別がつかないであろう。ロンドン、パリ、ニューヨーク、東京の写真と同じことである。

ヨーロッパに都市ができ始めた頃には、よく知られているように、ペストが大流行した。これは、鶏社会でのインフルエンザみたいなものであろう。狭いところにたくさんの個体を集めておけば、感染症の流行には理想的である。ところが人間はなんとかそれを克服してきたから、鶏もそうなるに違いない。

それには、インフラを整備すればいい。日本で女性の平均寿命が延びだしたのは、大正十年頃からだという。元建設省河川局長だった竹村公太郎氏のデータである。それまでは男性の寿命のほうが長かった。その後は女性の寿命は延びっぱなし、新生児の死亡率は下がる一方である。

大正十年になにが起こったか。水道水の塩素消毒である。水場の衛生管理が始まったら、女性はたちまち救われた。

鶏についても、同じことができるはずである。もはやインフルエンザなどにかからないように、養鶏場の衛生施設を完備してしまう。流行の兆しがちょっとでも見えたら、鶏はただちに処分する。業者は万一のために保険をかければいい。こうして「養鶏」文明はどんどん進む。

鳥インフルエンザ、鯉ヘルペス、牛のBSE、どれも似た問題だと気づかれるであろう。これらに「きちんと」対処しようとするなら、「人間並み」の衛生環境を確保すればいいはずである。それをやらないから変な病気が流行する。

というわけで、先行きは明白であろう。ますますヒト社会と養鶏場は似てくるはずなのである。それを文明といい、進歩という。それだけではない。それが必要だ、それで当然ではないか、と人々はいう。経済効率を考えれば、鶏をああいう形で飼う「しかない」。同様に、ヒトも都会人という形で生きる「しかない」。それが経済効率というものである。

では訊くが、鶏がもっとも経済効率のいい食物であるのか。鶏の餌を人間が食べて生きられるなら、そのほうが「効率がいい」のではないか。牛については、それははるかに明瞭である。牛に牧草を食べさせて、その牛をヒトが食べるより、牧草地を畑にして、その作物をヒトが食べたほうが、よっぽど「効率がいい」。

そういうわけで、経済効率という考え方は、通常は事業者にとっての経済効率である にすぎない。早い話が、既成の社会構造を前提にした言い訳なのである。資本主義の世の中である以上、それはそれでやむをえない。多くの人がそういう。それは「機械作り」と、「生きもの育て」を混同している。あえて混同しているのであろう。

自分の子どもを育てることを考えたら、一目瞭然ではないか。経済効率で子どもを育てる人はいない。それをいうと、「動物と人は別だ」という。「別だ」という論理に普遍性はない。日本特殊論が外国で相手にされないのは、普遍性をはじめから無視しているからである。

文明国には「鯨を食うな」という人たちもあれば、「実験に動物を使うな」という人もいる。いまでは動物と人を区別しようとすると、たちまち大問題になる。「動物と人は別だ」という考えは、部分としては成り立つが、普遍としては成り立たない。人間はどう見ても動物だからである。経済効率について、人と動物は別だとする傾向は、まだ社会的に許容される範囲である。しかしまもなく許されなくなるであろう。

結局どうなるのか。あたりまえだが、自分の生き方に戻ってくる。生きものなんだから、そうに決まっているのである。自分は鶏でいいと思うなら、いまの暮らしを続けたらいい。牛も鶏も鯉も、さらにはヒトも、衛生的でよく統制された環境に住むようになる。その世界全体を統御するのは、いまのままなら、経済効率という「理性的」指標である。

あんたはどう思うんだ。そう訊かれたって、その頃には私はお墓のなかである。知ったことではない。ただしそこまで「進歩」した社会に、私自身は住むつもりはない。そもそも昆虫採集なんて、そこではできないことは、目に見えているからである。ひょっとすると採集用の蝶が養殖されて、そのための公園に行くと虫が捕れるようになっていたりするかもしれない。でも私は行かない。なにが捕れるかわかっているところへ昆虫採集に行くほど、私はまだ落ちぶれてはいない。と思いたい。

先日、福井県の田舎に行った。土地の人が冬場に水を張った田んぼを作っていて、これなら農薬がいらない、おかげでいろいろな生きものが田んぼで生きていると、教えてくれた。そういう人がいるということは、まだ可能性があるということである。

そういうところで働いてみろ、大変だから。そういわれるのには、飽き飽きした。解剖で三十年、ためしに働いてご覧なさいよ、というしかない。田んぼくらい、おそらく平気ですよ、私は。

水を張った田んぼを作っているのはふつうの奥さんである。どうせ日本の農家は八割が兼業である。それなら逆にさまざまな試みができるはずである。私だって長らくいわば「兼業」をしていた。おかげで年中叱られていたが。未来がどうなるか、それはあなた次第に決まっている。

（二〇〇四年五月）

＊二〇〇四年一月十二日、山口県の採卵養鶏場の鶏から、日本では七十九年ぶりに鳥インフルエンザのウィルスが発見された。以降、世界的にも頻繁に発生している。

Ⅱ

学びを考える……知識だけでは身につかない

学習とは文武両道である

解剖をするのも、虫の標本を作るのも、派手な作業ではない。いってみればごく地味な手作業である。

虫の標本といっても、私の場合には虫が小さい。虫なら小さくてあたりまえだろう。そうはいっても、カブトムシとノミではずいぶん大きさが違う。私が作っている標本は、ノミのサイズが普通だから、単純に昆虫針を虫に刺せばいいというものではない。ではどうするか。白い厚紙を三角に切って、その先端に糊で虫を貼る。紙の先をわずかに曲げて接着面を作り、そこに虫の横腹を貼り付ける。そうすれば、小さい虫の背腹両面が観察できる標本となる。

この作業をするためには、まず紙を三角に切らなくてはならない。たまたま家内と有馬温泉に行く機会があり、温泉に入った後は、もっぱらハサミで三角の紙を切っていた。

そうしたら、まるで傘張り浪人じゃないの、と家内がいう。虫の標本を作ったところで、金にならない。他人に作ってもらえば手間賃を払う。作業自体は辛気くさい。いわれてみれば傘張り浪人の風情である。そういう手作業をしながら、ブツブツ文句をいう。それでこういうタイトルになった（連載時のタイトルは「鎌倉傘張り日記」）。これでは元気が出ないが、日常やっていることだから、少なくとも現実感はある。

こうして切った紙に昆虫針を刺す。なにしろ数が多いから、これもはなはだ面倒くさい。あるとき息子が暇そうにしているから、やらせてみた。白い紙に針を刺したものを、発泡スチロールに刺して並べる。ある程度できあがったら、息子は無名戦士の墓ができたと喜んだ。これも気勢が上がらない点が、傘張り浪人に似ている。いい若い者が墓を並べていても仕方がない。それっきりでその後は頼んでいない。

なぜ傘張りが好きか。それはよく訊かれる。死んだ母親というと、そのことばかり想いだす。そんな、虫ばかり見て、なにが面白いの。母はよくそう訊いた。だからこちらは、ほかの人たちは生きていてなにが面白いのか、と子どもの頃から思っている。人間同士とは、なかなか相互理解がむずかしいものである。

こういう作業が「学習」になるということを、最近よく思う。子どもがこういうことをしなくなったことに、問題はないか。

学習とは文武両道である。両道とは二股を掛けているということで、それぞれべつべつにという意味ではない。脳でいうなら、知覚と運動である。知覚から情報が入り、運動として出て行く。出て行くが、運動の結果は状況を変える。その状況の変化が知覚を通して脳に再入力される。こうして知覚から運動へ、運動から知覚へという、ループが回転する。そうしたループをさまざまに用意しモデル化すること、これが学習である。

たとえば散歩をする。一歩歩くごとに視界が変化する。その変化に合わせて、次の一歩を踏み出す。幼児はこうして自己の動きと知覚の変化、その関連を学習する。成人はこうした変化をあまりにも当然と思っているために、それをまだ学んでいない状態、あるいはそれができない状態を想像することがない。

自分で位置移動がほとんどできない障害児の場合、どのように学習を進めるか。自分で移動ができるように、まずハイハイからはじめる。それができなければ、寄ってたかって、手足を動かすようにさせる。その結果、多少とも「自分で」動けるようになれば、前述の単純なループができる。それがまさに、なにかを「身につける」ことなのである。

いったんそうしたループができてくれれば、それはモデル化されるから、ゆえに応用が利く。つまり脳内に運動制御のモデルが発生するのである。現実には身体運動は複雑であり、きわめて多くのモデルを用意する必要がある。しかし、なにごともまずはじめなければ、話にならない。赤ん坊はそれをほとんど白紙の状態からはじめるのである。

右のような意味で、言語は典型的なループである。複雑な筋運動で構成された発声が、つぎに自分の聴覚で捉えられる。その聞こえ方によって、ふたたび筋運動を調整する。その意味では言語であれ歩行であれ、脳における大ざっぱな原理は同じである。

これが「学習」だということは、強調されなくてはならない。なぜなら現代では、たとえば乳幼児教育用のビデオすら存在するからである。まだ寝たままの乳幼児に、ビデオを見せておくという。これが入出力のループになっていないことは、ただちに理解されるであろう。身体とは無関係に、勝手に視界のなかの事物が動く。それを私は学習とは呼ばない。これはある種の経験ではあるが、学習ではない。

乳幼児が自分の手をしげしげと眺めている。そうした光景は、人によっては見覚えがあろう。その手を乳幼児はいろいろに動かす。その動きと、動きの感覚が、視覚に起こっている変化と連合する。こうして乳幼児は身体と視覚の関係を理解していく。最終的にはそれが自己の認識につながっていくとしても、私は不思議とは思わない。

私が大学に入ろうとしていた頃、つまりいまから半世紀近く以前、世間には大学に入ると馬鹿になるという「常識」があった。そういう記憶が残っている。あんたは大学に行くというが、大学に行くと馬鹿になるよ。こうしたことをいうのは、世間で身体を使って働いている人たちだった。そうした発言の真の意味は、いまではまったくわからなくなってしまったと思う。座って本を読んでいると、生きた世間で働くのが下手になってしまう。これはそういう意味だったはずである。その人たちの労働とは比較にならないが、こうした記憶があって、私はいまでも傘張りをする。身体を多少でも動かすのである。

いま世間では、教育をどうするかという議論が盛んである。そのなかに、大学に行くと馬鹿になるというのはないであろう。高校全入どころか、大学全入になりそうな勢いである。座って机の前で学べることもたしかにある。しかし応用が利くことは「身についた」ことでしかありえない。教養教育がダメになったのも「身につく」ことがないからであろう。教養はまさに身につくもので、座って勉強しても教養にはならない。ただ勉強家になるだけである。それを昔は「畳が腐るほど勉強する」といった。それでは運動制御モデルは脳のなかにできてこない。

なぜ身につかないか、それははっきりしている。情報化時代だからであろう。情報とは停まったもので、生きて動いている存在ではない。テレビのニュースは、ビデオにとっておけば、百年経っても見ることができる。あれは一見動いているように思えるが、その意味では停止している。それを情報というのである。あらゆる発言は、テープにとれば停まっている。いくらでも繰り返し聞くことができるではないか。しかしニュースを語るアナウンサーは、百年後には死んでこの世にいない。発言者は自分の発言をそのとおり繰り返すことはできない。かならず微妙に違ってしまう。生きることとは、再び取り返しがつかない時間を通過することである。通過していく主体は、二度と同一の状態をとることはない。だからすべては一期一会《いちごいちえ》なのである。

教育がそれを忘れて、もはや長いこと経つらしい。現代は情報化社会であり、おおかたの人々はそれでよしとしている。それでも結構だが、そのときに忘れてならないことは、情報は固定しているが、人は生きて動きつづけているということであろう。情報が変化していくのではない。われわれが変化していくのである。それを諸行無常という。鐘は剛体だから、いつ聞いても同じ振動数で鳴る。つまり同じ高さの音がする。それが違って聞こえるのは、人の気持ちが微妙に異なってくるからである。それを忘れた世界では、「生きがい」などという妙なものが話題になる。人が変わっていくそのことが、微妙な味わいを持つ。それが諸行無常の響きであろう。

俺は俺だ。多くの人がそう思って生きているらしい。そんなもの、意識がそう主張しているだけである。すべては移り変わるが、それを引き起こしているのは自分自身である。それを忘れて、「生きること」が成り立つはずがない。人間は情報とは違う。停止しているわけではないのである。

学問とは情報の取り扱いである。つまり生きたものを停め、停めたものを整理する作業である。そこに大学に行くと馬鹿になるという言葉の真意があろう。それなら経済学が役に立たなくて当然である。経済学説は停止しているが、世間は動いているからである。医者は患者の検査結果しか見ない。患者は生きて動いているから、面倒くさいのであろう。いまどきの若い医師は診察が終わるまで、パソコンの画面と紙しか見ていない。それが患者さんの文句である。それは当然で、大学では「医学」を教えるからである。経済学と同じで、そこには「生きた人間」、つまりたえず変化する、奇妙で猥雑《わいざつ》なもの、そんなものが入り込む余地はない。

ほとんどの医師は、論文を書こうとする。学位を貰うためには、それが必要だからである。さらにそうした論文を書くのがもっとも得意な人が、大学では偉い医師になる。しかし論文をいくら集めても生きた人にはならない。そんなことはあたりまえであろう。論文はそのまま停止しているが、患者は生きて動いているからである。

生きた人間を扱っている人を、そろそろ昼間に提灯でも灯して探し回らなくてはいけない時代になったらしい。教育とはまさに生きて動いていく人間を扱うことだからである。子ども以上に変化の激しい人間はない。情報化社会の人がなぜ教育が不得意か、以上でおわかりいただけると思うのだが。

（二〇〇一年一月）

教育を受ける動機がない

私が若かった頃は、自然科学系では米国や欧州への留学がふつうだった。しかし私は豪州に留学した。いわゆる欧米諸国ではなく、豪州に行った理由は、豪州の野生動物が、いわば、けた違いに面白かったからである。哺乳類の五割は有袋類だし、昆虫は系統的に古いグループが圧倒的に多い。生きものを見る上で、こんな面白い世界はざらにはない。

留学から帰っても、研究用のネズミを北海道に捕りに行ったり、台湾に捕りに行ったりしていた。人体の解剖はともかく、研究用には野生動物を使うことが多かった。実験室で飼われているマウスやラットは、どうも動物ではないような気がしたからである。そういう動物の行動を見ていても、あまり面白くない。

実験動物は、生まれたときから籠の中で、水と飼料を十二分に与えられて育つ。籠の外に出すと、恐る恐る歩いて、逃げ出したりはしない。置かれた机の端をヒゲで触って、どんなところかゆっくり調べているつもりらしい。籠の中という環境は、自然の状況に比較したら、きわめて単調である。そこでは動物は、生まれ持った能力のほとんどを使う必要がない。いまでは大学で出合う若者たちが、こうしたマウスやラットのように見える。

だからといって、日本の将来を悲観しているわけではない。そうした育ちのネズミが籠から出てしまうことがあった。一週間もすると野生化して、簡単には捕まらなくなる。

当時の大学は、いまとは比較にならないほど管理も悪く、建物もボロだった。野良猫が自由に出入りしていたり、廊下をクマネズミが歩いていたりした。そういう環境に放された籠のネズミは、アッという間に野生化する。水と餌とねぐらを、自分で探さねばならない。周囲は危険に満ちている。そういう状況に置かれたとたん、籠育ちのネズミが急速に育つ。

いま教育問題がやかましい。子どもの評価のなんとかとか、指導要領のなんとかとか、教育の問題を議論する会合に年中呼び出される。教育の根本はなにかというなら、話は簡単である。水と餌とねぐら、それを自分で探すようにさせる。そうすれば、アッという間に子どもは育つ。以上終わり。

現代社会では、かつてのネズミにとっての大学の廊下、そのていどの緊張感のある環境もない。安全快適、どこにも危険など見えない。親があえて子どもを放したって、社会環境が安全第一だから同じことである。いわば日本全体が籠の中になった。それを私は脳化という。都市化でもいい。

籠の中のネズミを教育しようと思っても、相手が教育を受ける動機を持たないのだから、気合いの入れようがない。水も餌もねぐらも、とりあえずある。それ以上に、なにが必要だというのか。

私が大学院を修了して、はじめて助手になった年の夏休みが終わったとたん、いわゆる大学紛争が起こった。この騒ぎは、世界中に広がった。なぜ世界中に広がったか、その理由がはっきりしていない。いくつか説はある。

その一つが興味深い。この頃から、世界的に子どもたちの教育期間が延長されたというのである。そもそも大学紛争では、騒ぐ主体は二十歳前後の学生である。その年齢なら、それ以前の時代には、もう水と餌とねぐらを自分なりに確保させられたのである。

私が若い頃もそうだったが、多くの若者が中卒で就職した。職人になる人ならそれで当然だったし、中卒で工場に就職するのもふつうだった。十六歳ともなれば、女の子はお嫁に行っておかしくなかった。そういう時代を覚えている人も、まだいるであろう。その年齢の若者たちを、大学という環境に隔離する。それが世界的に始まったのが大学紛争の時代だったのである。

なぜそうなったか。それはかつて考えたことがある。世界中で都市化が進行したからである。都市化が広く可能になったのは、安い石油を大量に供給できるようになったからである。都市はエネルギーを消費して、物に付加価値をつけて売る。それで食っている。そのためのエネルギー源は、古代都市では木材のみだった。したがって四大文明の発祥地は、現在ではすべて森林を伐り尽くした、徹底的な荒地に変わっている。ところが石油は、木材依存ではない都市を、世界中にあらためて作り出したのである。

アルプスより北の、現在の西ヨーロッパの歴史を考えてみればいい。古代のヘレニズム文明が、北方の蛮族、ゲルマン人の侵入で滅びる。それから歴史上の中世が始まる。やがてルネッサンスとなるが、それはゲルマン人が自前で都市化していった時期である。だからこそルネッサンス、古代が「再び生まれる」という表現になる。同時にアルプスより北の全土を覆っていた大森林が伐られる。十九世紀までにほぼ完全に伐り尽くされるのである。

木がなくなってまず困ったのは英国である。狭い島だからである。そこで石炭を掘ったが、露天掘りで水が湧き出す。それをポンプでくみ出しても人力では埒《らち》があかない。そこで蒸気機関が使われ始めた。それがさまざまに応用されて、産業革命になる。やがて大量の石油が発見され、あとは世界中が都市化に向かってまっしぐら。それが私の考える文明史である。

そう思えば、地中海沿岸、中近東、インド、中国は、木材による都市化の先進地域である。それに対して日本、西欧、米国は、石油時代における新興都市文明である。現在われわれが抱えている問題の多くは、すでに先進地域が、数千年前に経験したことに違いない。

いまではおそらくだれもまじめに読まない古典の内容が、実際に読むと驚くほど腑に落ちる思いがするのは、じつはそのためである。

都市環境では、若者の教育に時間がかかる。その理由は、すでに述べたことでおわかりであろう。都市は籠の中だから、子どもが上手に、速やかに育たない。いまでは若者は大人しく、完全に子ども化した。よくいえば大器晩成、これからゆっくり育つ。

そこまで教育が行き届くまでの切り替わりの時期に、大学紛争が吹き荒れた。あの世代にはまだ野生ネズミの気分が残っていたのであろう。ところが与えられた環境が籠の中だけだったから、若者の気に入らなかったらしい。

ずいぶん乱暴に文明史をまとめてしまったが、これが理科系のいいところである。文科的に論じたら際限がない話が、数行で終わってしまう。ただいま現在では、歴史の教科書問題がうるさい。あれは歴史を数行で済ませないからである。

未来と同様に過去もまた不確定である。これは英国の小説家ロバート・ゴダードの意見である。私もかねがねそう思っている。歴史はつねに現在の人間が書く。フランス語では歴史と物語は同じ単語 histoire になる。現在が変われば、歴史が変わる。

それなら歴史的「事実」はないのかというなら、それはすでに述べたように、数行でも済む。長くしようと思えば、いくらでも長くなる。しかし百年も生きられない個人が、数千年の歴史を「事実として」語れるわけがない。ただいま現在の社会でも、全面的に把握できない人間が、過去を全面的に把握できるはずがないではないか。上高森遺跡の事件*は、歴史家には他山の石であろう。そこでは事実ですら「人が作る」のである。

学生時代の私は、社会的責任を負うのを嫌い、社会に出るのをできるだけ後に延ばそうとする傾向があった。それでも大学院を出たら、あとは就職するしかない。それで助手になったとたん、だまされた、と思った。つまり学生時代に当然と考え、周囲もそう思っているはずとしていた考え方が、給料を貰うようになったら、とたんに成り立たないという事実に、うかつな話だが、はじめて気づいたのである。だまされたというのは、それが職業人には受け入れられず、受け入れられようもない考えだということを、学業にいそしむ長い年月のあいだに、だれも教えてくれなかったことに気づいたからである。

もちろんだまされたわけではない。私の考えがまさに未熟だっただけである。しかし十歳年上の私の世代にすでにそういう傾向があったとすれば、紛争世代がああなるのは、ほとんど当然であろう。つまりいわゆる「大人」の考え方と、若者の考え方が、それだけズレていたのである。

いまはそんなズレはもはやない。籠の中のネズミは、いまや人生自体を、そういうものとして、そのままに受け取っているのだと思う。実際に死ぬまで福祉といい、年金といい、老人医療といっているのだから、それで当然ではないか。水と餌とねぐらは、当然与えられるのである。

それならそれで、われわれは価値観を変えなくてはならない。一生懸命に働き、経済を発展させ、物質的に豊かな世界を作ってきたのは、なんのためか。安全快適で、暇な世界を作るためである。それなら若者が努力せず、遊んでいるとして、怒る理由はない。

ロボットは人間がすれば危険な仕事を、黙々と休まずやってくれる。その分空いた時間を、なにに使うのか。使い途を思いつかないなら、遊んでいるしか、仕方があるまい。掃除機、洗濯機、冷蔵庫が普及して、主婦はずいぶん時間ができたはずである。それをなにに使うか、それは使う人の勝手であろう。それだけ時間ができたなら、はじめからなにもしない、そういう人が出て、あたりまえではないか。

働けば働くほど、人間が暇になるというのは、面白いことである。ただし暇になる人と働く人が一致しない。これがお金だと、古典的な分配の不平等が問題になる。しかし、暇の分配の不平等はまだ問題にならないらしい。

（二〇〇一年五月）

＊上高森遺跡（宮城県栗原市）は、日本の前期旧石器文化が七十万年前までさかのぼることを実証する画期的な遺跡として注目を浴びていたが、二〇〇〇年十月、毎日新聞のスクープにより、藤村新一東北旧石器文化研究所副理事長が発掘成果を捏造していたことが発覚した。

子どもが「なくなった」理由

私の家は二階に寝室があって、窓から山が見える。というか、むしろほとんど山しか見えない。電話で起こされて、寝ぼけ眼でふと山を見ると、なんともう桜が咲いているではないか。三月中旬、例年より二週間早い。

おかげで気が気でなくなった。例年通りのつもりで虫捕りの予定を立てたが、虫の出る時期が早くなりそうである。桜が早く咲いた分だけ、つまり二週間、予定を前倒しにするしかないかもしれない。いま調べている虫は若葉を食べるので、採集に出るタイミングがずれると、収穫が減ってしまう。

時期が遅くなっても、山に登ればいい。標高が高いと、その分、季節が遅れるからである。しかし山の上は、平地に近いところよりも面積が小さい。つまり面が点に近くなる。さらに高い山がない地方では、調査ができなくなる。西日本の暖地では、とくにそういうことになりやすい。こう書いていても、じつは気が気ではない。

虫の出る季節は毎年一度しかない。それをはずしたら、また来年ということになる。若いときは、そう思っていても、それでよかった。いまはそうはいかない。いつ自分の寿命が終わるかわからない。死んでからのほうがたっぷり暇があるのではないか。そういう考えもあろうが、興味のほうがなくなってしまうかもしれない。なくなってしまうに違いない。

もちろん、ある時点から先の話になれば、すべてを後世にまかせるしかない。考えてみれば私もすでにその年齢になった。六十代の半ばにもなれば、なにごとであれ、あとは若い世代に預けるべきであろう。

ところがその若い世代が、私の場合には保育園の子どもたちである。保育園児を虫捕りに連れて行くことが、いままでは私の趣味になってしまった。今年も行った。二月だから、捕れた虫といえば、ヨツコブゴミムシダマシとかスジアオゴミムシとか、ふつうの人は知らないだろうが、ロクなものではない。

でも子どもが捕るのだから、こんなものでいいのである。冬にもこんな立派な虫が成虫でいることがわかるだけで、立派な教育になる。私はそう思う。大人なら、冬場に虫なんかいるんですか、とバカな質問をするくらいが関の山だからである。

保育園児といえば、たかだか四、五歳の子どもである。私の跡取りにするには、まだだいぶ先が長い。日暮れて道遠しの感がある。これがいつもの私の嘆きである。

たしかになかなか優秀な子どもがいる。しかし私にしてみれば、秀頼が生まれた頃の太閤秀吉の気分である。子どもたちが、虫に並ではない関心を持ち、あとを継いでやってくれるのを期待する。それにはいろいろ努力も工夫もしなければならない。それで地元の保育園の理事長もやるし、須賀川のムシテックワールドにも毎月行く。ムシテックとはなにかというなら、小中学生のための科学の総合学習施設である。ただし須賀川の場合には、虫が当面の主題になっている。ここから将来の太閤が出ないとも限らない。下手な鉄砲という気がしないでもないが、ともかくなにかしなければならない。

後継者自体の育成が間に合わなければ、五大老に後事を託すしかない。そう思っていろいろ画策する。しかし五大老は大人だから、それぞれに自分の都合がある。こちらの思惑で動いてくれるとは限らない。そこが大人の面倒なところである。虫の話とはいえ、虫だけでは話が済まない。それが大人である。

昨日は保育園の卒園式だった。将来の偉人が混ざっているかもしれないから、いちおう出席する。わが国の少子化という問題もあって、保育園の強化が社会的にも問題になっている。しかしもちろん、保育園を作ればいいというものではない。そこがじつはかなり気になる点である。

保育園の必要性を私は重々認めている。ただ気になるのはその哲学というか、動機というか、そのあたりのことである。そのなにが気になるのか。まずいちばん大きな背景は、少子化の根本原因と関係している。少子化ということは、多くの人が子どもはいらないと思っているということである。

そんなことはない、子育てに適切な環境がないのだ。そういう意見も当然あろう。しかし子育てをしなければ、人類はそもそも存続しない。少なくとも日本社会の存続を考えるなら、環境が悪いから子育てができないというのは理由にならない。そんなことを理由にして、子育てを実行しないのであれば、もはや日本人が自分たちの存続をあきらめたとしか、いいようがないではないか。子育てのほうが、本来は環境よりも優先するはずなのである。

しかも私自身が育った環境を考えれば、戦中から戦後のあの酷い状況の、どこが子育てに適切かと思う。いまより現実ははるかに悪かった。にもかかわらず、子どもは戦後、むやみに増えた。それが団塊の世代になったわけである。

つまり現代のわれわれは、日本の将来について、悲観的なのである。それは世論調査にも明瞭に出た。子どもたちは、われわれよりも悪い時代を生きる。そう思っている人が、たしか八割を超えていたはずである。大人が未来をそれだけ悲観的に見ていれば、子育てに人気がなくて当然である。

さらに戦後五十年、日本社会は子どものことを真剣には考えてこなかった。それについて、私はほとんど確信に近いものを持っている。この欄でもときに触れたが、子どもの遊び場問題はその最初の表現だった。いまは遊び場など、問題にする人すらほとんどいない。それどころか、子どもは市場になった。ゲームもそうだし、携帯電話もそうかもしれない。

じつは子どもは「いないことになった」。私はそう思ってきた。なぜなら子どもは「自然そのもの」だからである。戦後の世界が自然を消してきたことは、誰でも知っているはずである。それは、原生林がなくなったとか、里山がなくなった、という話だけではない。同時に子どもが「なくなった」のである。

私の定義する自然とは、人間が設計しなかったものである。より厳密にいうなら、意識的に設計しなかったものである。子どもに設計図はない。その設計図をいずれ作ろうというのが、ヒューマン・ゲノム・プロジェクトである。しかしまだ子どもを具体的に「設計する」どころではない。そんな「技術」は、いずれ可能になるかどうか、それすらわからない。

自然を消した世界に、子どもが存続できるはずがない。それはわかりきったことだが、多くの人はそんなことを考えたこともないであろう。子どもは育つにつれて人工の世界に急速に適応するからである。それが大人である。つまりいまの子どもは、急速に大人になることを要求されている。そこでは「子どもという自然」でいることは、必要悪と見なされている。その「必要」すら、ほとんど認められていないのではないか。だから幼児教育、英才教育、天才教育なのであろう。保育園がそうなっていいか。まず第一に、それを私は危惧するのである。

第二に、子どもにとって、両親はどのていど必要か、という問題がある。それに明確な解答など、ないことはわかっている。しかしそれはたえず頭に置かなければならない疑問である。解答がないからといって、なんでもありというわけではない。

両親が働く必要がある。それはそれで実情だから、やむをえない。しかしその両親の肩代わりを、保育園がどこまで「やっていいのか」、それが問題なのである。

考え方の一つの極は「親はなくとも子は育つ」であろう。それなら保育園は徹底的に親代わりまで果たしてしまえばいい。しかし私はその結論はとらない。なぜなら、それが子どもにとってよい方法だということが、証明されているわけではないからである。さらに子育ては、子どもにとって必要なだけではない。親にとって必要だと思うからである。

社会に出て働けば、それなりに育つこともあろう。しかし子育てをしても育つ。そうした育ちが、たとえばものわかったバアさんたちを、過去においては作り出した。それが庶民の常識といわれるものの、一つの根拠にもなったのである。

いまになって、どんな偉そうな顔をしていたとしても、幼児の頃に面倒を見てもらった相手には、どこか頭が上がらない。死んだ私の母は土地坊主、土地医者とよくいっていた。坊主も医者も他の人よりも「偉くないと」、務まらない職業である。ところがその土地の出身だと、ガキの頃の行状がわかっている。おかげでどうも信用する気になれない。こうした言葉は、それを表現したものであろう。

端的にいうなら、保育園を強化するという社会的な動きは、安直であってはならない。

それは同時に、母親の役割、父親の役割、共同体の役割について、かなりしっかりした識見の上でなされるべきなのである。それにはどうすればいいのか。

そこでいちばん欠けているのが、子育てについての実証的な研究である。子どもに対するメディアの影響、その調査すら、NHKで始まったばかりである。そのていどの研究もこれまでやらずに、よくも子どもの育て方をここまで変えてきたものだと思う。この先の保育園の普及が、それに輪をかけてはいけない。個人としては、私はそう強く思うのである。

（二〇〇二年五月）

わかってます

政治は昔から苦手で、いまでも苦手である。政治家に個人的な知り合いはない。頼みごとをしたこともない。頼まれごとは、たまにないではない。

三十年近く東大に勤めたが、学内政治の基礎、つまり人事を知らない点では、自分でも呆れることがあった。教授会の投票で、委員会から一位に推薦された人にうっかり投票してしまい、その人に数票しか入らなかったので、仰天したこともある。根回しがあって一位の候補者には投票しないことになっていたらしい。そういうことに関心がないのである。

集団というものを、とにかく私は信用していない。だから集団のほうも、私を信用していないであろう。その不信がどこに由来するか、この歳になるとさすがに反省する。ひょっとすると戦争の思い出ではないか。

一億玉砕、天皇陛下万歳が、一夜明ければ平和憲法、マッカーサー万歳になった。いまの北朝鮮の小学生みたいなものである。北朝鮮はまだ終戦になっていないが、そのうちなるに決まっている。なにしろ平壌放送しか入らないラジオを使っているという。こういう国を変えるのは簡単である。一家に一台、ふつうのテレビが入るようにすればいい。衛星放送が見えるようにすれば、あんな体制はひとりでに崩壊する。長い目で見れば、だから経済援助が有効なのである。旧ソ連の崩壊も、衛星テレビのせいだという意見があった。

そう考えてみると、ていどの差こそあれ、じつはわれわれも同じかもしれないと思う。「報道の自由」というけれども、テレビでいえないこと、公に書けないことなら、いくらでもある。それどころか、自主規制をしているために、「考えもしない」ということが多いはずである。北朝鮮なら、そのうち変わるに決まっているといえるが、われわれ自身はどうだろうか。自由だと思いこんでいる分、たちが悪いかもしれない。外の世界に参考資料がないから、自分を訂正する契機がない。グローバル化することは、地球全体が北朝鮮になることかもしれないのである。

ところでビンラディン*はどこに行ったか。アフガンは爆撃でボコボコになったらしいが、それでどうなったのか。

戦争中、私は小学生だった。その頭の上に焼夷弾を落としていたのは、同じアメリカの空軍である。その件について、私はまだアメリカに謝罪してもらった覚えはない。なぜ子どもの頭の上に爆弾を落とすのか。そのつもりはないといっても、下に子どもがいるくらいは、相当に想像力を欠いた人でもわかるはずだ。六十を過ぎても、まだ自分がそれにこだわっていることを思うと、爆弾を落とせばテロが終わるとは思えない。世界は広いから、私みたいな子どももいるはずだからである。テロの被害者はいつまでも覚えているだろうが、爆撃の被害者も同じである。

9・11の一周年で、さまざまな論考が雑誌に出た。読んではみたものの、いま一つ、話がすっきりしない。相変わらずビンラディンが行方不明のままだからか、反テロ側の論考に比較して、テロ側の論理がはっきりしないからか。

テロの論理がよく理解できるようなら、こちらがテロリストになってしまう。それならわからなくて当たり前かと思うが、それにしてもまったくわからない。オウム真理教のハルマゲドン（最終戦争）ほどにもわからない。だれもテロリストを代表して喋ってくれないからだ。テロリストの言い分を喋ったとたんに、袋だたきにあうに違いない。

それならだれも喋りはすまい。ということであれば、これも一種の北朝鮮状態ではないか。偉大なるわれらが首領様の言い分を繰り返すのと、本質的に似ていないか。

気になったのは、親米とか反米という単語を、総合雑誌でふつうに見かけるようになったことである。西部邁と小林よしのりの『反米という作法』（二〇〇二年、小学館）という本も出た。もちろんこの本は、反米という用語のいやらしさを逆手にとって、わざと使っている。しかしこの種の言葉は、学生の立て看板用語だと私は思っていた。こういう用語がふつうに使われる雰囲気が、私は嫌いなのである。こういう言葉がふつうに使われるということは、世間が政治化したということなのである。

知米派はいう。アメリカは広い。一口にアメリカなんていえない。それは当然であろう。中国ならもっと広い。そう思ったら反米も親米もない。アメリカにも反米主義者はいる。ノーム・チョムスキーなんて、その典型ではないか。

アメリカという「なにか」を理由にして、「だれかが」力で無理を押し通す。それに反撥する相手がいる。その循環がテロを生んだのであろう。だから私は国益という言葉が嫌いなのである。「いつの」「だれの」益か、それを明確にしてもらいたい。国益とはいまでは環境問題しかない。私は個人的にはそう思っている。片々たる人間の利益ではない。自然のことである。自然がどのような状態に置かれるか、それは未来の人間まで含めた、人類全体の利害に関わる。あとのいわゆる政治経済は、そのときどきのゴミみたいな問題である。時が過ぎれば忘れる。立場が変われば変わる。

ナチス・ドイツについて、ヴィクトール・フランクル（一九〇五〜九七年、オーストリアの精神科医）はいう。共同責任などというものはない。両親、兄、妻を収容所で亡くし、アウシュヴィッツを神秘的とでもいうしかない運命のもとに、生きて逃れた人がそういう。人間のなかに誠実な人と、不誠実な人があるだけである。遺憾ながら、誠実な人のほうが数が少ない。フランクルはそうもいう。世界はおおかた不誠実な人でいまも埋め尽くされているであろう。

共同責任とは、ナチスの場合ならもちろんドイツ国民全体のことである。だからテロはアフガン人の共同責任ということでもないし、タリバン全員の責任というわけでもない。さらにフランクルはいう。私の知っていた最後の収容所長は、自分の小遣いから囚人用の薬品を買っていた。収容所から家に帰ると、妻にその日の出来事を語り、ともに泣いていた医師もいた。私が親米とか反米という言葉を好かない理由は、おわかりいただけるであろう。

私の大学の学生たちに、昨年あるビデオを見せた。イギリス人の若夫婦が子どもを作ろうと思い、妊娠し、出産するまでを記録した、ＢＢＣ作品である。五十分なので、一時間半の授業では余りが出る。その時間を使ってビデオの感想をレポートに書いてもらった。

薬学部なので女の子のほうが多かった。レポートの中身はよく似ていて、ほとんどの女子学生が、あれも知らなかった、これもはじめて気がついたと、妊娠と出産について、さまざまな新知識を得たと書いてくれた。

驚いたのは、男子学生のレポートである。一割足らずの学生が、母親がどんな思いで自分を産んでくれたか、はじめてしみじみ考えたと書いた。残りの学生はどうだったか。似たようなビデオを高校の保健の時間に見た。とくに新しいこともなく、あんなことならもうすでに知っている。九割がそう書いたのである。

それなら知っている。テロなら「知っている」。アフガンが爆撃されたことは「知っている」。男子は子どもを産むことはない。夫婦の思わぬ離間は結婚以前にすでに始まっているのである。厚生労働省の研究所の調査でわかっていることだが、日本の普通の家庭では、結婚後十五年まで、夫から妻への愛情は横ばいだが、妻から夫への愛情はひたすら右肩下がりなのである。

統計的な解析で、その理由までわかっている。「夫が子育てに協力しなかった」。それが理由である。右肩下がりで、最後は定年離婚に至る。その遠因は子育てにある。子育てへの協力とは、オムツを洗うことでも、炊事をすることでもない。産む性への理解である。それに対して、すでに結婚前の若者たちが、「そんなことはすでに知っている」という。

9・11に関する論考が、いまひとつピンと来なかったのは、そういうことであろう。どうせ対岸の火事なのである。ニューヨークのある著名な編集者が、欧州では反テロ攻撃に反対する人が多いと聞いて、あの現場を見なかった人間に、攻撃反対を語る資格はないといった。そう書かれた論考を読んだ。人々の気持ちは、そこまで狭くなってしまったのである。フランクルならそうはいわなかったであろう。テロであれ、反テロであれ、人間のすることだ。人間には誠実な人と、不誠実な人がある。小さな声で、ただそううつぶやいたかもしれない。

われわれはなにごとであれ、「すでに知っている」世界に住んでいる。なに、なにも知ってやしないのである。テロの現場にいたところで、ほとんど五里霧中、すぐ身の回りのことですらよくわからないはずである。何十年一緒に住んで、女房の気持ちがどこまでわかるか。それがわかっているなら、自分が考えることが正しいと思いつめて、飛行機を乗っ取って、ビルに突っ込んだりはしないはずである。どこかの国に爆弾を落とせば、そういう視野狭窄《きょうさく》がなくなるか。逆にそういう種類の人が増えるばかりであろう。先のニューヨークの編集者は、自分がテロリストと似た感情を抱いていることに気づいていないのであろう。

ＮＨＫテレビが、世界貿易センタービルのなかの、ある会社の保安責任者についての報道をしていた。この人はテロを予告していたという。当人はあの事件のなかで、人々の避難誘導を行い、殉職した。傭兵だった経歴があるという。わかる人にはわかっていたのである。万事はそれだけのことであろう。

（二〇〇一年十一月）

＊ウサマ・ビンラディンは、国際テロ組織「アル・カーイダ」の指導者で、９・11事件の首謀者とされる。潜伏を続けたが二〇一一年五月二日、パキスタンのアボタバードで米軍に射殺された。

子どもの自殺

子どもたちに命の大切さを教えよう。その種のキャンペーンみたいなものがあった。あまり有効ではなかったのか、いまではもう聞かないような気がする。それが証拠に、子どもの自殺がはやる。子どもと校長先生が自殺競争をする。大人が本音で大切にしていないものを「大切に」なんていっても、子どもは聞いていない。聞くわけがない。

命の大切さが話題になったのは、子どもの凶悪犯罪が続出するかのように見えた時期だった。「なぜ人を殺してはいけないのか」。高校生のそういう質問に、大人が絶句したという報道がなされた。現場にいた人によれば、このときの報道には誤解があったという。実際の質問は「人は牛や鶏を殺して食べるけど、それならどうして人を殺してはいけないんですか」という、あんがいまともなものだったという。これにきちんと答えられる人が、どれだけいるだろうか。文化によっては、家畜は人間のために神が創ったものだと考える。だから人が生きるために、それを殺していいのだ、と。

命の大切さを論じるとき、いつも思い浮かべる事例がある。私が関係している保育園の前に空き地があった。そこには樹齢百年になろうかという松が十本ほどあった。ある日、その松がすべて消えてなくなっていた。空き地が売れて、更地になったのである。その前を毎日子どもたちが通っていた場所である。もちろん切って当然かもしれないのだが、そのときになにかしただろうか。なにをするべきだったのか。

昔ならお坊さんか神主さんを呼んで、捧げものをし、土地の神に祈って木を切らせてもらったであろう。近代人はそれを迷信だとか、バカなことだとかいう。それなら命の大切さを、どう子どもに教えればいいのか。他にどういう手段があるというのか。

命とはなにか、それを自分がきちんと理解しているのであれば、他の命を絶つときに、祈ったり感謝したりするのは、バカらしいことに違いない。ところがその命を人が創ることができないということは、命とはなにか、それが人間には本当にはわかっていないということである。正体のわからないもの、しかしその恩恵を日常受けているもの、そういうものを簡単に壊していいか。ダメに決まっているではないか。科学が進歩したなどと大宣伝をするが、その科学は大腸菌一匹、創ることができない。作るものといえば、月ロケットみたいに、鉄砲玉が進化したていどのものだけである。

近代人の傲慢《ごうまん》は、もはや来るべきところまで来たという感じがする。だから子どもですら、傲慢というしかないのである。自分の命なんだから、自分が左右して当然だ。そう考えるのであろう。まだ長い未来があることも、広い世界があることも、考えない。テレビで知識はついているだろうが、それはあくまでも知識に止まる。実感なんて、薬にしたくともないはずである。

その傲慢が、子どもを含めて、現代人の自殺の根底にある。自分の命をだれかに「いただいたもの」「あずかりもの」だなんて、夢にも思っていない。現代人は客観的なようでいて、その点ではきわめて主観的である。自分の命を自分が創ったわけでないのは、当たり前ではないか。だれであれ「気がついたら、生まれていた」のである。生んでくれなんて、頼んだ覚えはない。若い人はそう思うものである。しかし、世界は自分の意思で動いているわけではない。どういうわけか私には知るよしもないが、その世界にわれわれは後から参加させられる。だからこそ人は生涯にわたって、世界を学んでいくしかない。それこそが人生そのものではないか。

多くの大人は、人生が与えられたものだなんて夢にも思っていない。自分の人生は自分の所有物だと、固く信じて疑わない。だから仕事なんて自分の能力しだいだと思い込む。だから若者もそれに釣られて、「自分に合った仕事を探し」たりする。世の中はあんたの都合で仕事を用意するわけじゃない。大人がそう教えないから、若者がわけのわからないことを考えるようになる。

自分に能力があるからこそ、この地位についている。そう思っている大人が多い。冗談じゃない。とくに公職とは世間にすでに用意されたものである。それを自分がお預かりする。そう思っている公人がどれだけいるのか。いい歳をして「乃公出《だいこうい》でずんば」などと思っているから、やめそびれて、遭わなくていいはずのいじめに出会ったりする。

表現が古いのは年寄りに合わせたつもりだが、もうこんな表現は通じないかもしれない。個人とか個性、つまり自己を重視する西欧文明は、キリスト教を基盤にしている。そのキリスト教が、問答無用で自殺を禁止しているのは、偶然ではなかろう。自殺だとなれば昔は正規の葬儀をしてもらえず、まともな墓地にも入れてもらえなかったのである。うっかり自己などというものを立てると、人は勝手に死のうとする。だからそれを端《はな》から禁止したのであろう。

日本の世間に、そんなルールはない。だから西欧式の自己が蔓延《まんえん》してくると、具合の悪いことが起こる。とくに自殺という形式は日本の文化的伝統だから、十分な歯止めが利いていない。以前に述べたことがあるが、日本人の自殺は、もともと共同体から抜けるための儀式だった。共同体はややこしい人間関係を生じてしまうもので、その縺《もつ》れを一気に解決するには、当人がそこから脱けるしかないことがある。共同体つまり世間を脱退できるのは、じつは死んだときだけである。自分の意思で共同体は出られない。つまり世間は死ななきゃ足が洗えないのである。だから侍は腹を切った。武士の一存というのは、そのことである。お前が脱退してくれれば助かるとなれば、周囲が死ぬことをなんとなく強制する。それでやむをえず腹を切ることを、詰め腹といった。

いまでもその名残りはある。会社が潰れそうになって、経理担当重役が死ぬというのは、それに近い。経理が死ねば、貸借についての追及が緩む。死んだらチャラだという暗黙の了解があるからである。偉い人が追及を受ける状況で、下の人が死ぬ事件もときどきある。これは忠ならんと欲すれば孝ならず、の類であろう。警察と親分との板ばさみ、死ぬしかないと思い詰める。これも基本は世間の義理であろう。

いまの自殺には、それは少なくなったような気がする。そもそも子どもには世間の義理なんかない。じゃあなにかといったら、暗黙の攻撃性であろう。いじめた相手を名指しして、遺書に記して自殺するのは、攻撃的である。いまの世の中は、暴力を徹底的に抑圧する。しかし人間には攻撃性があるから、それがはけ口を探す。一方ではそれがイジメになり、他方では自殺になる。自殺は殺人の一種なのである。日本の世間に殺人は少ないが、自殺は多い。でも人を殺すという意味では、自殺も殺人も同じことである。

なにもかも丸く収めることはできない。暴力を禁止すれば、攻撃性はべつなところに向かう。2ちゃんねるの悪口雑言もそれであろう。最近たまに通勤時間の電車に乗ると、イライラしている人に叱られることがある。会話していてウルサイと怒鳴られたことがある。パソコンを使っていたら、音が気になるからやめてくれと、他の客がいっていると、車掌がいいに来たこともある。パソコンを打つ音が気になるようでは、精神科を受診したほうがいいのではないかと思ったが、表の攻撃性に転換すると怖いので、いうのはやめた。

自殺予告の手紙が文部科学省に殺到する。* そんなものを報道するからいけない。それはだれでも気がついているはずである。だからといってメディアがけしからんというのも、見当がはずれている。現代とはそういう時代なので、メディアの悪い面を消し、都合のいい面だけを残すことなんか、できるはずがない。現代人はそのメディアの渦のなかで生きなければならない。そのためには、昔の人とは違った常識を持つように努力しなければならない。ところが努力どころか、ただひたすら楽をしているだけではないのか。

そうした安楽が可能なのは、じつは石油があるからである。戦後半世紀以上、われわれが「進歩発展」と呼んできたものは、石油の浪費にほかならない。人間が進歩したわけでもなんでもない。安く大量に、石油が使えるようになっただけである。古代文明は石油の代わりに木材を利用した。だから森が消えるとともに古代文明は滅びた。石油がやってくれたことを、現代人は「自分がやった」と思い込んでいる。その石油はいずれなくなる。私は本音ではそれを待っている。それが人類のためであり、子どもたちのためである。

世間で起こるできごとは、たがいに厄介に結びついている。それを十分に考えきれるほど、人間は利口ではない。私はそう思う。だから「科学が進歩しても、生きものが創れない」のである。生きものはそれほどに複雑だからである。科学は生きものを創る方向になんか、進歩していない。むしろどんどん壊すほうへと進んでいる。世界の現状を素直に見れば、それは明らかであろう。だからいままでは、子どもですら自殺するのである。

（二〇〇七年一月）

＊いじめを苦にした子どもの自殺が全国的に相次ぐなか、伊吹文明文部科学相（当時）あての自殺を予告する手紙が文部科学省に届き、二〇〇六年十一月七日、異例の緊急会見が開かれたことに端を発する。

Ⅲ

個性を考える……オリジナリティーよりも大切なこと

人格の否定

年をとると、若い頃とは、意見がいささか違ってくる。それであたりまえだろうと思う。もっとも、年老いてからの意見のほうが正しいという保証もない。ひょっとすると人は、そのときどきの自分にとって、いちばん都合のいい意見を採用する可能性があるからである。

それはわかったとした上で、ところで「人格」とはなんだろうか。いつの頃からか、そんなものはないという気がしている。昨日、大阪をタクシーで走っていたら、「自分に合った仕事が見つかるかもしれない」という垂れ幕に出会った。昔風にいう職安の看板である。

「自分に合った」仕事なんて、そもそもあるのか。自分は仕事に適するように生まれてきたのか。私事だが、「仕事に自分を合わせた」経験なら、ずいぶんある。

仕事は社会にとって必要だから存在している。本当に自分があるなら、その自分とは、社会の必要に応じてできてきたものではないはずである。それこそ自分の都合で、「勝手にできてきた」ものに違いないからである。それなら「自分に合った仕事」が見つかるのは、宝くじに当たるような確率であろう。

そう思うのは、ヘソ曲がりだろうか。皇太子の発言に「人格の否定*」云々という表現があったと伝えられた。私はそのいきさつを論じたいのではない。それをきっかけに、ふだん思うところを、いささか述べてみたいと思っただけである。

「人格の否定」という言葉で連想したのは、カッターナイフで同級生を刺し殺したという子どもの話**である。インターネット上で悪口をいわれたのが動機だったと伝えられる。この事件の詳細は知らない。しかし私自身がいささか呆れたのは事実である。どこで呆れたのか。たかが子どもが、「悪口をいわれた」程度で、相手を刺し殺すほどの強烈な反応を示したことである。子どものくせに、よほど「きちんとした自分」が、「あると信じていた」に違いない。そう思うしかないではないか。子どもにそんな「自分」がはたしてあるのか。

私が子どもだった頃は、親兄弟姉妹、先生、先輩から、イヤというほど悪口をいわれた覚えがある。それこそ「人格の否定」である。私の母親に至っては、私自身が五十歳を過ぎて、東大教授を何年もやってからも、「お前は信用ならないから心配でしようがない」といっていた。

そもそも私は、人格円満どころか人格偏頗《へんぱ》、人格者などと思われたことは一度もないはずである。自分だって否定している人格を、他人に否定されたからといって、べつになんとも思わない。第一、悪口をいわれている自分が、いつまでもそのままだなどとは、夢にも思っていないのである。「男子、三日会わざれば、刮目《かつもく》して待つべし」である。そういう言葉を学んで育ってきたのだから、当然であろう。

固定した自分、固定した人格が「ある」。それがいつから常識になったのか。親や教師が子どもの悪口をいうのは、子どもを反省させるためである。友だちだって、同じであろう。いささか感情が過ぎることはあるだろうが、それなら喧嘩をすれば済む。いっても直らないとわかれば、周囲はなにもいわなくなる。そこまでくると、まともな子なら自分で気づいて、いつの間にか直す。

というのが、私の若い頃の常識だった。だから友人が自分の悪口をいうからといって、べつに腹も立たない。それは私が人格者だからではない。そんなことをいうのなら、俺だってお前にいいたいことは山ほどある。そう思うだけのことである。

問題の根源は明白であろう。「変わらない」「個性を持った」「かけがえのない」私、そういうものが存在する。これであろう。それなら十年前の自分と、いまの自分で、どこがどう変わらないのか。この疑問に意味がないのは、「十年前の自分」がいまではどこを探しても見つからないからである。「客観的に」比較のしようがない。だから「変わらない私」があるといわれたって、そうですか、そういう考えもあるかもしれませんなとしか、理科系の私としては、いいようがない。

古くから「三つ子の魂、百まで」というじゃないか。それは話が違う。昔の人は「同じ私」なんか、あるわけないと思っていた。それが証拠に、名前がどんどん変わったのである。そういう時代に、そうはいっても、変わらない部分があるなあと、感嘆したのである。だから「三つ子の魂、百まで」とわざわざいうのである。

「本質的に変わらない私」、そんなものが常識になったおかげで、子どもが悪口をいわれたからと、友人を刺す世の中になった。そりゃ「本質的に変わらない私」を悪くいわれたら、いわれたほうは立つ瀬がない。なにしろ自分の本質を否定されたんですからね。「本当の自分」「自分探し」、そんな言葉が流行した時期、お年寄りが眉をひそめていたのを思い出す。教育関係の人がそういい出したら、考えようによっては世も末である。だって、「本質的に変わらない私」なんて、教育してもムダですからね。変わらない学生になんて、私は教える気はない。変わらないのなら、教えたって教えなくたって、同じじゃないですか。それなら教育がそもそも成り立たない。「本質的でない部分なら変わる」。それならやっぱり教育なんか、やる気がしない。枝葉末節を変えてみたって、「本質的には意味がない」んですからね。

どうしてこういうバカなことになったのか。理由は明白である。西欧近代的自我を無批判に導入したからであろう。西欧の人が「変わらない私」を信じるについては、歴史的な事情がある。かれらはもともとキリスト教徒だからである。キリスト教には「霊魂の不滅」が暗黙の前提になっている。十九世紀の「科学の世界」に、霊魂の不滅なんか説いても、多くの人は受け入れない。そうかといって、社会の暗黙の前提を、そう簡単に取り替えることはできない。苦肉の策が理性的な近代的自我であろう。「変わらない私」は「不滅の霊魂」の理性版だったのである。

不幸なことに、明治期の日本は、それをそのまま輸入してしまった。諸行無常で無我の社会に、「本質的に変わらない、個性を持った近代人としての私」なるものが「与えられてしまった」のである。敗戦はそれをさらに強化した。だから「私に合った仕事」と、若者がほざくようになったのであろう。

夏目漱石は「私の個人主義」という講演を学習院でしている。その漱石が死ぬ直前にいったといわれる言葉が、「則天去私」である。この「私」こそ、西欧近代的自我のことだと、私は信じている。そんなものを去れと、漱石はいったのである。たぶん自分にいったのかもしれない。

そういう話をしたら、偉い人から、そんなことをいうと、世の中が壊れちゃうじゃないですか、といわれた。それはわかっている。いまどきの学生に、「人はひたすら変わる」なんて講義をしようものなら、次の日にあいつらのいうことはわかっている。「昨日金を借りたのは、俺じゃない」。そういうに決まっている。

じゃあ、「人は変わる」と信じていた昔の人はそれをどう解決していたのか。簡単なことである。「約束を守れ」。以上終わりである。いくら人が変わっても、その人が吐いた言葉は変わらない。借用書の文面は、いくら人が変わっても勝手に変わったりはしない。借金は返すのが当然だったのである。返す約束があるから、借金というのである。それでなけりゃ、寄付である。不良債権が増える根本の理由はおわかりであろう。だれも約束を守らなくなっただけのことである。それが「自分に忠実」だからである。だって、返したくないんだから。返せないんだし。「社会が壊れる」のは、どちらの場合なんですかね。私はいまのほうが「壊れている」と思っているが、多くの人は「走れメロス」「菊花の契り」の時代のほうが「壊れていた」と思っているのであろう。

儒教でも、夫婦は人倫の基本だという。その意味が私は長年、わからなかった。なにしろ忠孝をあれだけ強調するんだから、夫婦なんて付録じゃないのか。そう思っていた。ここまで考えれば、ナルホドと思う。親子なんて、動物にも存在する。しかし夫婦は違う。赤の他人が、西欧風にいうなら、言葉で契約を交わす。そこで家族の基本が成立する。それが社会契約の大本ではないか。

アメリカ人であれば、神の前で誓いの言葉をいう。いまではそれを守らないのが普通である。離婚率が高いからである。それならアメリカ人の契約なんか、信用できるはずがない。講演でそういうと、聴衆が笑う。笑う理由がわからない。わが意を得たと思っているのか、冗談だと思っているのか。

そろそろ近代的自我には、お別れをいいたいと思う。そう思ったら、漱石の真似になった。則天去私である。年をとると、こういうふうに、考えることがどんどん後ろ向きになる。年寄りはそうなると、若いうちは笑っていたが、自分がそうなっている。やっぱり「人は変わる」のである。

（二〇〇四年九月）

＊二〇〇四年五月十日、皇太子（現在の天皇）が会見で、長期静養中の皇太子妃（現在の皇后）について「雅子のキャリアや人格を否定するような動きがあったことも事実です」と語り、内外に大きな反響を呼んだ。

＊＊二〇〇四年六月一日、長崎県佐世保市の小学校で、六年生の女子児童が同級生をカッターナイフで切りつけ、死亡させた。

人生安上がり

「近頃の若者は」と嘆く年齢にとうの昔になった。なったのではないかと思う。しかしいまでも虫捕りに励んでいるのでわかるであろうが、本人自体がまだ幼児性を脱却していないせいか、嘆きたい事情はさしてない。それでも練炭を焚いて何人か若者が死んだりすると、気持ちが痛む。若い身空でなぜ、と思う。先行きが暗いのであろうが、先行きがあくまで暗いことに、死ぬほどの確信があるということ自体がよく理解できない。

若い頃の私だって、未来が明るいと確信していたわけではない。しかし同時に真っ暗だと確信してもいなかった。それがフツーであろう。どちらでもないから、行き掛かりで生きてきた。急がなくたって、いずれかならず寿命は切れる。それを自分で縮めようとするのは、どう考えても理屈に合わない。

定職についていないフリーターが四百万人を超え、ニートつまり仕事にも就かず教育も受けていない若者が四十万人だという。年寄りは眉をひそめるかもしれないが、その前に考えることがあろう。

遺伝学の常識だと思うが、全体として見れば、生まれてくる子どもの性質に、大きな変わりはない。私個人の意見はもっと極端で、四万年前の人類であるクロマニヨン人でも、現代人とほとんど変わらないと考えている。骨を見れば、そうとしか思えないからである。それ以前のネアンデルタール人になると、骨ではっきり区別ができる。それなら頭の中身も相当違っていて不思議はない。しかしたかが百年や千年では、人は変わりはしないのである。

生まれてくる子どもは昔とほとんど変わらないのに、現代の若者が以前と変わってきたとすれば、それは社会が変わってきたからだということになる。言い換えれば、子どもが育つ環境が変わったのである。環境を変えたのは大人だから、若者に変化が生じたのは、大人のせいに決まっている。まずそこを認識してもらわないと、若者についての議論はできない。

子どもが育つ環境が激変したことは、いうまでもないであろう。これだけ変えたのに、よくまともに育っているなあ、人間の適応力は大したものだ。私はむしろそう思っているくらいである。でもともかくこれだけ育つ環境を変えたのだから、若者がいささか変わってきても、あまりにも当然というしかない。

そこを認めるなら、フリーターやニートを減らすのは大人の仕事であろう。もっとも昔だってそういう若者はいたが、目立たなかっただけだよ、という人もあるかもしれない。そもそも勤め人であることが定職だというなら、昭和の初期には勤め人つまり月給取りは一割に満たない。あとはたいてい家業を継いでいたから、それを定職というなら定職であろうが、その定職が日雇いなら、フリーターであろう。

勤め人の比率は昭和の年代とほぼ同じだという。昭和三十年代なら三割ということである。それなら六十年代には六割から七割になっていたはずである。考えてみると、そっちのほうが異常ではないかという論も成り立つ。

私事だが、家内の弟は親の店を受け継いで北海道の小さな町で暮らしている。しかしこういう暮らしが成り立ちにくいことは、もはや歴然としている。大きな町の郊外の風景は一変した。コンビニ、スーパー、ファミレス、パチンコ店等々、だれでも知っている、どこにでもある風景である。鹿児島にいようが、金沢にいようが、区別はない。こうした世界で若者たちが「自分に合った仕事がない」と感じるのは、ひょっとすると当然ではないのか。小なりといえども、自営業は自分が主人である。そういう世界がいつのまにか勤め人中心の世界になった。昔から人間がやってきた仕事を考えたら、それに適応する人が大勢いるのが不思議なくらいである。だって、もともとは自営業が中心だったからである。だから適応できない人が四百万人いたとしても、私はビックリしない。

官僚も侍も、いってみれば組織人であり、つまりは月給取りである。私が月給取りをやめられたのは、六十歳に近くなってからだった。それでも一年浪人してみて、じつに不自由だと感じた。なにしろカード一つ、すんなりとは作れない。なぜなら定職がないからである。収入は十二分にあっても、信用がない。書類に記された「勤務先」という空欄を埋めないと、「問題が起こる」のである。それなら若者の「定職」が問題になるのは当然であろう。でもそれは世の中の常識が変わったので、勤め人こそがまともな人間だと、国会で決めたわけではあるまい。

違う話のようだが、若者の学力低下も同じであろう。問題はなにを学力とするかなのである。数学なんかやらせたら、うちの娘はからきしダメだが、ファクスだのコンピュータだのビデオだのと、ボタンを押せばいいことをやらせたら、私よりよほど上手である。私は「学力がある」から、ボタンを押したらなにが起こるか、そこに論理性がないい、まったく理解ができない。だからどのボタンを、どういう順序で押せばいいか、いつまでたってもそれが記憶できない。当たり前で、どのボタンを押したら、なにが起こるか、そこには恣意性しかないからである。いま述べた理屈がわからない人は、すでに現代社会に適応してしまっているのである。

仮に若者に問題があるとすれば、大人がバカなことを教えたからであろう。なにを教えたのかというと、「本当の自分」「個性ある私」なんてものを、暗黙に教えたのである。そんなものはないと、最近は口を酸っぱくしていわなければならない。「本当の自分」があったって、べつにかまわないのだが、それを「自分の意識が把握できる」と思っているのが、とんでもない間違いなのである。「本当の自分」はいずれ死ぬが、その日がわかっている人がいるだろうか。それだけ考えたって、わかりそうなものである。「私ってこういう人」なんて若者がいったら、どやしつけてりゃいいのである。

「本当の自分」という錯覚が、職業選択に影響していることは、若者たちが「自分に合った仕事」を探しているという調査結果からもわかる。私は三十年以上、職業として解剖学をやった。死んだ人をバラバラにするのが「自分に合った仕事」だなんて人は、世界中に一人もいるはずがなかろう。それが社会に必要だからこそ仕事が存在し、社会にとって必要だからこそ、人々は仕事をするのである。若者が「自分に合った仕事」なんてほざいたら、年寄りが怒鳴りつければいいのである。それができないとすれば、それは大人が仕事を「自分のため」と思ってやっているからであろう。そう思っている大人にフリーターを叱る資格なんぞない。

仕事は社会のニーズなのである。ニーズのない仕事は、長い目で見ればかならず滅びる。それもわかりきったことであろう。いまではヴェンチャーなどといって、平らな社会の表面に山を作るようなことを考えている。これも完全な錯覚であろう。社会に山を築くわけではない。「社会に空いている穴を埋める」のである。「ニーズを作り出す」なんてことは、まったくのウソでしかない。一時の流行としてはありえても、続くはずがないではないか。

自分は変わる。それも大人が教えなくてはいけないことであろう。変わる前の自分にとって、世の中が真っ暗であることはありうる。しかし自分が変われば、その同じ世の中が明るく見える。いつも世の中が暗く見えているなら、それは自分が固定し、進歩していないというだけのことである。それを「本当の自分」などと思い込んだら、なるほど自殺するしかあるまい。希望は自分が変わることにあるので、世の中が変わることにあるのではない。世の中に比較すれば、自分個人なんてゴミの一粒である。それなら世の中が変わるより、その世の中を「見ている自分」が変わるほうが、よほど大きな変化をもたらすということは、わかりきっているではないか。しかも自分が変わることに対しては、エネルギーがほとんど不要なのである。

長年お世話になった東京大学を辞めた次の日、私は外出した。天気のいい日だったが、それでもその日はそれまで数十年の私の人生の中で、いちばん明るい日だった。ふだんの二倍は空が明るかったのである。ふだんの二倍、世界を明るくするためには、太陽のエネルギーを二倍にしなければならない。そんなことは神様しかできないであろう。ただし、一つだけそれができる方法を、私はそのときに発見したのである。それを若者が知らないということは、無理もないことである。それが経験がないということだからである。

将来に希望がないといって自殺する。その「将来」は外の世界ではなく、自分のなかにしかない。私の十年後輩、団塊の世代は、自分ではなく世の中を変えようとした。私はそんな大それたことを考えたことはない。なんでも安売り、百円ショップの世の中である。自分くらいどんどん変えたらどうか。それが人生をコスト安にする方法である。

いずれにせよ大した人生じゃあるまいし、コストをもう少し減らしたらどうか。

（二〇〇五年四月）

抽象的人間

若い頃にはよく注意されたものである。「ちゃんと現実を見なさい、現実を」と。その現実なるものがよくわからなかったから、現実とはどういうものか、いつも頭の隅で考えていた。大人になれば、あれこれ現実というものに触れるはずだ。そうなれば、少しは「現実がわかる」ようになるだろう、と。

ところがいつまでたっても、その「現実」なるものがわからない。とうとう自分で勝手に定義することになった。現実とは「その人の行動に影響を与えるもの」である。それ以外にない。そう思ったら、長年の重荷が下りてしまった。

だから現実は人によって違う。唯一客観的現実なんてものは、皮肉なことに、典型的な抽象である。だって、だれもそれを知らないからである。私が演壇の上で講演をしているとする。聴衆の目に映る私の姿は、すべて異なっている。なぜなら私を見る角度は、全員が異なっているからである。それならテレビカメラは、どの角度から私を捉えたら、「客観的」映像となるのか。二人の人が同一の視点から、同じものを見るなんてことは、それこそ「客観的に不可能」なのである。

こういうことをいうと、すぐに屁理屈だといわれる。人それぞれ、見うる角度が違うからどうだというのだ。そんなことは些細《ささい》な違いにしか過ぎないじゃないか。そういう些細なことに囚われるのが学者というもので、だから世間の役に立たないのだ。

それははたして「些細なこと」だろうか。それを些細なことと見なすことで、近代社会は「進歩発展」してきた。だから特定のカメラマンが特定の角度から、特定の時点で撮影した映像を、客観的映像などと強弁するのである。

一人一人の世界が感覚的に異なるからこそ、個人や個性の意味が生じる。それでなきゃあ、個人なんかいらない。それを「些細な違い」と暗黙に決め付けるから、若者が人生の意味を見つけられないのである。これといってさしたる才能もない自分が生きる意味なんて、どこにあるというのか。世界中を見渡せば、自分の人生なんて六十億分の一に過ぎない。過去に生きた人まで含めたら、いったいどこまで些細になるだろうか。

そう思うから、今度は個性、個性と逆にいう。それを強調するほうの錯覚とは、個性が「自分のなかにある」という思い込みである。そもそも違いとは、他人が感覚で捉えるもので、自分のなかにあるものではない。いくら個性的な人でも、無人島で一人で暮らしていたら、個性もクソもない。「お前は変なヤツだなあ」といわれて、「エッ、どこが」と怪訝《けげん》な顔をしているのが個性であり、「私の個性はこれです」などと主張するものではない。近頃は入学や入社のときに、そんなことを書かせることもあるらしいが、話がそれではひっくり返っている。そんな会社や学校はどうせロクなところではなかろう。相手の個性を発見する目が貴重なのであって、個性自体が貴重なのではない。状況によって、社会が必要とする個性は違ってくるからである。そのうえ、自分の内部に個性をたっぷり持った人なら、精神科にたくさん入院している。周囲と折り合えないからである。

そもそも「自分で意識している個性」なんてものがあったら、ぎこちない人生になるであろう。俺の個性はこうだから、こうしなくっちゃ。そんなことを思いかねない。冗談じゃない、素直にしていて、そこにおのずから人と違うところがある、それを個性というのである。

素直に自分の気持ちに従わず、「こうしなくては」と思うのが世間では普通で、それは社会的役割というものがあるからである。天皇陛下はこうしなくてはならないということがたくさんあるはずで、それは社会的役割である。それを勝手に変えられたら周囲が困る。だから「こうしなくては」と本人も思うので、それはホンネとは違って当然である。

いまの大人は、社会的役割を個性つまり自分と混同していないか。社長は個性でも本人でもなく、社会的役割である。定年になればそれがわかるであろうが、現代の問題は、たとえ年配者でも「定年になるまで、それがわからない」ところにあると私は思っている。私は会社のソトの人間だから、社長も平も区別がつかない。そんなものは、私にとっては抽象に過ぎない。それを「現実」だと思っているのは、そう思っているだけのことである。

でも社長に反抗したら、飛ばされる。だからそれも抽象で、社員の一人を「飛ばした」ところで、社長は困らない。困らないようになっているだけのことである。それがいやなら「飛ばしようがない」ようにすればいいので、そんなことはわけはない。そもそも会社を辞めればいい。あるいは、辞めたら会社が潰れるというほどになればいい。それだけのことであろう。それはできないが、社長にオベッカも使えない。それならはじめから百姓でもやればいいのである。田畑に引きこもっていれば済むではないか。

個性を見分ける目を、古人は「人を見る目」と表現した。私は個人的にそれがないことを承知しているから、管理職はやらない。そもそも虫を見る目すらないんだから、人を見る目があろうはずがない。そんなことは女房を見ればわかるはずだが、それをあまりいうと叱られるから、もういわない。

とにかく現実にも個性にも、閉口してきた。企業の乗っ取りが流行しているというが、企業を仕事の面から見るか、金の面から見るかの違いで、それは見方の違いに過ぎない。金の面から見れば、こうも見られるというのが乗っ取りであろう。それなら乗っ取られる企業は、オレオレ詐欺の被害者みたいなもので、要するに余分な財産を持っているから、他人にとられるのである。

日本国には七百兆円の借金があるというが（二〇〇五年現在）、それは国民が貯めた金を政府が使ってしまったに過ぎない。これも一種のオレオレ詐欺みたいなもので、お金が余っているから使ってしまっただけのことであろう。その金の一部はバングラデシュやブータンにも行ったかもしれないが、ほとんどは日本国民になにかの形で戻ったはずで、もし戻らなかったとすれば、まだお金の形になっているわけである。まだお金の形になっているとすると、それは要するに「金を使う権利」として保存されているわけで、「金を使う権利」をたくさん持っている人をお金持ちという。

しかし、「金を使う権利」なんてものは、死んでしまえばそれっきりである。それを相続して、そこに相続税をかけたりしているが、その相続税もまた、なにかの形で国民に戻っているはずで、いいたいことは要するに「金を使う権利」がぐるぐるまわっているだけだろう、ということである。

私はそれに関係がない。稼いだ金は使ってしまう方針だからである。税金はとられるが、政府というのはそのためにあるんだから仕方がない。自分だけ稼いで、それを自分の懐に溜《た》め込んだら、嫌われるに決まっている。とられまいと思えば、金がないのがいちばんで、それをいちばんよく知っているのが貧乏人である。私は貧乏根性が抜けないから、稼いだ分は使ってしまう。結果的には、金がないからとられないのである。

選挙も終わったが、メディアは選挙に行けとか、うるさかった。四年に一度か、紙に鉛筆でなにか書いて箱に入れて、それで世の中が変わるなどと、まともな大人が思うのだろうか。その紙を賽銭箱《さいせんばこ》に似た箱に入れるから、ときどき千円札を入れてしまいそうになる。私は以前から、投票用紙とは神社のお札のようなものだと思っている。ご利益があるかもしれないし、ないかもしれない。まあ、ないと思ったほうが「現実的」であろう。政府や官庁は、税金はしっかりとるし、あれをしてはいけない、これをしてはダメだと、私の人生の邪魔には十分になったが、利益にはほとんどならなかった。それが私の実感で、なぜならそんなものは「抽象」だからである。国も政府も、これこれこういうものだと、出してみせることはできないからである。

　私は虫捕りが好きで、タバコが好きである。どちらも最近は、やるなという意見が強い。虫を捕ってはいけませんなどという町まである。健康増進法*とかいうものまでできた。だからタバコも吸いにくい。健康は「増えたり」「進んだり」するものらしい。医学部を出たが、それを私は知らなかった。健康とは病気でないことで、本人がじつはビョーキでも、健康だと思っている人は山ほどいる。現代人のほとんどは抽象という頭のビョーキにかかっているが、それを現実だと思い込んでいる。

　お前のほうがビョーキだろうが。そういう意見もあろうが、残念ながら、そのわりには私は苦痛が少ない。人生は四苦八苦で、それで当たり前だと思っているからである。お経を読めばそう書いてある。というより、そう書いてあると、私が勝手に読んでいるのである。五蘊《ごうん》は皆空《かいくう》で、その五蘊とはなにかというなら、意識活動のことである。それが空だとは、古来わかっているのである。

（二〇〇五年十二月）

＊健康増進法は、二〇〇二年八月、国民の健康維持と現代病予防を目的として制定。第二条では、国民は生涯にわたって健康の増進に努めなければならないとされ、第二十五条では、公共の場所などでの受動喫煙の防止措置が取り上げられている。

公平・客観・中立

公共放送が問題になっている。私も以前から思っていることがある。それはNHKがたえずいう、報道の公平・客観・中立性である。まあこれは昔の忠君愛国みたいなもので、そのどこが悪いといわれたら、一概に悪いともいえないが、そこで思考を停止してはいけないよ、といいたくなる。なぜなら、そもそもそういうものがあるか、という疑問は、まじめに考えたら、かならず浮かぶはずだからである。

公平・客観・中立をいうなら、自然科学はその典型であろう。理論的にも成り立ち、実験でも証明され、その実験は繰り返しが可能である。ということになっているが、これもじつは怪しい。自然科学者はふつうそうはいわないが、たいていの科学者は本音ではそれを疑ったことがあるはずである。

そもそも人は毎日変わるものだと思えば、昨日の実験と今日の実験は完全に同じではない。やっているのは人だからである。すべての水分子は同じだとして議論をすることが多いが、水分子の個々の違いは目に見えない。目が悪いから、同じにしている可能性がある。

こういうことをいうと、屁理屈だといわれる。じゃあ屁理屈とそうでない理屈はどこで区別するのか。ちゃんと考えたことがあれば、公平・客観・中立なんて、じつは恥ずかしくていえないだろうと思う。報道する側だってサラリーマンだから、会社が潰れるような報道はするまい。そんなことをしろと、こちらも要求はしていない。でも公平云々が表に出てくるようでは、すでにウソをついているか、考えが不足か、どちらかだと私は思う。

べつにNHKに文句をいおうと思って、この話題を取り上げたわけではない。この話題に関わって、世間の常識に、ある根本的な問題があるのではないかと、日ごろ感じているからなのである。

NHKを例にとろう。私が講演をしていて、仮に聴衆が百人いたとする。その百人の目に映っている私の姿に、同じものは一つもない。後ろの人には私は小さく映り、前の人には大きく映る。右の人には私の右側が、左の人には私の左側が見えている。

そこにＮＨＫのカメラがあったとする。そのカメラが捉えた私の映像は、ほかでは決して見ることができない、特異な映像である。だってその視点そのものを、そのカメラが占領してしまっているからである。その意味では、カメラの視点は、個人の視点と同等、あるいは等価でしかない。そうしたまったく「特異な」、それしかない映像を、二十四時間流し続けて、どこが公平で客観で中立なのか。それはほとんど独り言ではないか。カメラが三台あれば、人が三人いるのと同じことである。でもテレビ画面は一つしかないから、カメラが三台あっても、つねに「一つの視点」しか、報道できない。

一人ひとりの視点はかならず異なっていて、人はまったく同じ体験など、することはできない。ＮＨＫに限らず、現代人はそうした体験の違いを無視する。それを「小さな」差異として無視してしまうのである。病の始まりはそこにある。私はそう思っている。ＮＨＫは公平性を主張することで、暗黙のうちに、その病を広げているだけである。

この病はあちこちに症状を出している。グローバリゼーションという問題もそうだし、環境問題もそうである。政治のレベルでは、グローバリゼーションは単一化である。イラクに民主主義を。日本人は本当にそう思っているのだろうか。それをいうなら、私個人はイスラム教からの自由を、といいたい。なぜそれをだれもいおうとしないのか。私はあんな世界に住みたくない。その言い分を力で押し付ける気はないが。

なにが問題なのか。感覚の世界では、すべては差異だ。それが常識になっていないのである。ある時期、「違いのわかる男」というコマーシャルが流行した。ほとんどの人が違いがわからなくなったからであろう。骨董の真贋もわからないから、お宝拝見になる。見分けるのは感覚で、感覚は違いを捉える。音が聞こえるのは、それまで聞こえていなかったからである。匂いがするのは、それまで匂っていなかったからである。つまり違いが生じたから、感覚に捉えられたのである。

すでに述べたように、テレビの画面は、ある特異な、一つだけの視点である。それをテレビを見る人たちが共有する。これは感覚でいうならメタ感覚であって、その意味では現実の感覚ではない。カメラ以外にその視点を取れる人はいないからである。メタでない視点を、ふつうはナマというのである。

そのナマがなくなった。それには多くの人が気づいているはずで、だからナマは違うとか、ナマじゃなければ、などという。おそらくそうではない。ナマでないものが当然になったから、当たり前が要求されているだけなのである。私はテレビに時々出るから、若い人に握手してくださいといわれることがある。喜んで握手するが、それは選挙に出たいからではない。若者がナマを要求する気持ちが、そこに出ていると思うからで、それはむしろ健康な反応だと信じるからである。

答えはあまりにも簡単である。感覚を取り戻せ。それだけのことである。感覚で捉えたら、目に映るすべての映像は人によって異なる。それだけの差異があるからこそ、むしろ「安心して」統一的な視点を要求できるのである。それをもはやほとんどの人が忘れてしまった。人の見るものは、「はじめから同じだ」になってしまった。それがNHKのいう公平・客観・中立である。

いわゆるグローバリゼーションとは、要するに単調化だと、私は思う。アメリカと日本はたしかに異なるが、郊外型の生活や車依存を考えれば、似たようなものである。面白いことに、たぶんその結果として、政治も似てくる。似ていないところは、後進性だとか、非能率だとか、さまざまな言い分で消し去られてしまう。

アメリカが環境問題の優等生でないことは、もはや明らかである。エネルギーの使いすぎは、アメリカ人ですら気づいている。エネルギーを使いすぎること、そのものがいけないのではない。そういう生活態度を導く、基本的信条に問題がある。

生物多様性という言葉はアメリカ由来である。しかしその基本には、個々の対象に個性があるという、アメリカ社会の信条があろう。私はそれ自体が間違いではないか、と考えるようになった。人間の場合、個性を発見するのは他人であって、本人ではない。本人にとっての当たり前が、他人と異なっているとき、それを人は個性と呼ぶ。無理にやっているのは、個性ではない。そもそもロビンソン・クルーソーの個性に意味はない。島には他人がいないからである。

それぞれの人に個性があるという考え方は、自己の改変が困難だという難点を生じる。自分を変えることはなんでもないが、個性尊重の世界では、それがむずかしくなる。アメリカに離婚が増えるのは、そこに大きな理由があろう。自分が変わり、相手が変わる。それを見ながら安定点を探す。生きるということはそういうことで、それを日本では手入れといった。

そもそも本来の自分など、見えはすまい。「見えると思っている」だけである。見えないものを見ようとするのが「自分探し」であろう。そんな必要はまったくない。社会に暮らせば、つまり世間に生きれば、他人が自分を見ているからである。自分とは他人の見る自分で、なぜいけないのか。

それと環境はどういう関係があるか。生物に多様性があるのではない。われわれが生物の多様性を見出すのである。それが見えない人が多くなるのが問題なのであって、生物多様性が減少するのは、その結果に過ぎない。いくら環境の保護を叫んでも、なかなかうまくいかないのは、そこに誤解があるからであろう。

要約しよう。文明化、都市化、グローバリゼーションは、多様性が見えない人たちのなかに発生する。それだけのことである。しかも都市化はそれをどんどん進めてしまう。子どもたちは、都市の中で育つしかないからである。

なぜ「違い」がわからなくなったのか。感覚を使わないからである。都会とは、感覚を決まったやり方でしか、使わないところである。使ってはいるのだが、いつも同じ使い方しかしない。ある意味では、ひたすら鈍くなっている。アフリカの人がテレビに出ると、「眼がいい」と感心する。そうではない。あんたの眼が悪いのである。こんな眼をしていて、よく生きていられる。そう思うべきなのである。

世界は感覚の鈍い人たちで満ちてきている。骨董の真偽もわからず、虫の種類も、草木の名前もわからない。それでつまらないとか、仕事がないとか、あろうことか、生きがいがないとすらいう。眼がなければ、世界が見えなくて当然であろう。なにも見つかるはずがない。その代わりにひたすら「ルール」を作る。手続きさえ整えれば、ものごとはうまくいく。そういう信仰が支配している。やれやれ、そろそろ世間から失礼したいなあと思う。

（二〇〇六年五月）

自由と不自由

若い頃に『自由と規律』(池田潔著、一九四九年、岩波新書)という本があった。「本があった」というのは、読んでいないからである。読まなかったおかげで、どういう内容の本だったのか、まだなんとなく気になっている。

私たちの受けた戦後教育は、戦前戦中の反省があって、もちろん自由を促進しようとするものだった。ところが学生運動が盛んになり、大人たちがそうした傾向の行き過ぎを心配したのであろう。この本の著者は、自由と規律が相伴うということを、当時の若者たち、つまりわれわれの世代に対して、教え諭そうとしたのではないかと思う。

そう思ったから、この本は読まなかった。だって私は自由派で、それが当時の若者の常識だったからである。それなら自由にしていたかというなら、とんでもない。結局は親、先生、先輩のいうことを聞き、素直にそれに従っていた。そのくせ学生運動がなぜ盛んだったかというなら、べつに禁止されたわけではなかったからである。学生の騒動は戦前からあって、ある意味では新しいものではなかった。いくらか新しくなったとしたら、それがいわば公に許されたということであろう。

それでも東大なら、矢内原《やないはら》三原則というのがあって、たとえば自治会の委員長がストライキを提案したら退学、などという規則があったはずである。現に私の先輩で、おかげで退学になった学生もいる。

そう書くと、いまの人なら昔の大学はひどく厳しかったと思うかもしれない。残念でした。この退学は形式で、退学処分を受けた学生には二人の指導教官がつき、そこに顔を出すことが要求されていた。そうすれば一年後には、改悛《かいしゅん》の情明らかということで復学できる。退学処分を受けた先輩は後に東大教授になった。そうした「温情」が学生に通じなくなったのが、いわゆる団塊の世代からである。処分を文字通りの処分だと思い込むようになった。だから医学部の処分問題が安田講堂事件にまで至ったのである。

私が思うに、近代化とはつまりこういうことなのである。融通が利かなくなり、官僚的になる。訴訟社会とはそういうことである。それが若者のほうから始まっていることに注意してほしい。私のようなジジイが官僚的になるのではない。若者が先にそうなる。

そうに決まっているので、若者は直線的にしか、ものが考えられない。それなら「正しいことは正しい」のであって、処分もまた正しいか、正しくないか、どちらかのはずである。そういう考え方をする。とりあえず退学にして、少し世の中を覚えさせて、それからゆっくり、おたがいに反省しよう。そんな悠長なことは考えない。

現代の世の中が自由かというと、右のような意味では、おそらく当時よりも不自由になったと私は思う。そもそもタバコだって自由に吸えない。一人で必死で働いている病院の医師が、殺人罪に問われたりしている。医者が患者を殺すつもりで扱っていないことなんて、あまりにも当然であろう。しかし患者さんが死んだ以上は、なにか手落ちがあったに違いない。そういう理屈になる。それはむろん医師の責任だから、補償のためには、まず医師の責任を問わねばならない。だから私は臨床医にならなかった。私が医師なんかやったら何人殺すかわからない。私みたいな人間が増えれば、医師は当然いなくなる。患者は自分の面倒を自分でみることになろう。それはかなり不自由な社会になるはずである。

先日、NHKテレビを見た。世界の三ヵ所から、いわば同時取材をしている（二〇〇六年四月三十日放映のNHKスペシャル「煙と金と沈む島」）。主題は温暖化ガスの排出権問題だった。一つはいまにも水没しそうな太平洋の島国、もう一つはアメリカの排出権取引のブローカー、三つ目は中国の炭鉱で排出権を買おうとしている三井物産の話である。私はＮＨＫの悪口をいうのが好きだが、こういう真面目な番組はよくできていて、程度が高い。だからつい見てしまう。

このなかで印象に残ったのは、アメリカの業者である。そもそも京都議定書に参加していない国のブローカーが、なんで排出権取引で儲けているのだ。*それを考えさせようというのが、番組の目的の一つだったと思う。それは成功しているが、もう一つ、この中でそのブローカー氏が「自由経済が勝つ」という意味のことを最後に捨て台詞のように語る。ここで私は考え込んでしまった。他の視聴者もここで迷うはずである。なぜなら排出権取引がなければ、このブローカーの商売自体が成り立たない。ではこのブローカーは、それをどう思っているのか。この番組では、それを相手に質問していない。視聴者が「自由に」考えればいい。そういうことなのであろう。

このブローカー氏が、ブローカーではなくて、製造業でもやっていれば、温暖化ガス排出規制自体に賛成していないであろう。実際にそれがアメリカ政府の立場である。規制は「自由」経済に反するからである。しかし欧州諸国はそうした規制に賛成している。

つまり自由を制限することに賛成なのである。

このブローカー氏の言葉のどこに問題があるのか。そもそも規制がなければ、かれの商売そのものが生じていない。つまり排出権取引業者の「自由」は、温暖化ガス排出規制という「不自由」の上にのみ成立する。自由とは、じつはすべてそういうものなのである。

日本の週刊誌を見ていると、小泉（純一郎）の靖国参拝で五千億円の損失、と見出しが出ている。いわずと知れた対中貿易である。見出しの可否はともかく、中国との「自由」貿易が巨大な利益を生み出すらしい。それはなんのおかげか。もちろん毛沢東主席のおかげである。毛沢東に代表される過去の北京政府が、あれだけの強い規制をかけてきたからこそ、現在の中国は巨大市場なのである。

仮に毛沢東主義の下で、いまだに中国が自力更生に励んでいるとしよう。そこに「自由」市場はないから、もちろん儲からない。毛沢東が不在で、はじめから自由だったとしよう。それなら突然、中国が大きな市場になることはない。徐々に発展したはずだからである。現在の中国市場の急激な伸びは、当然のことが起こったからであり、それをこれまでの北京政府が「規制していた」のである。

そう思えば、ただいま中国で儲けている「自由」経済主義者が祀るべきは毛沢東主席である。毛沢東がいなければ中国はいまのような形で経済「発展」などしていない。ただフツーになっただけであろう。だから、いつも私は毛沢東主義者だと述べてきた。ユン・チアンは毛沢東を徹底的に批判する。しかし毛沢東がいなかったら、彼女の本はない。その意味では、ユン・チアンは毛沢東に依存している。同様に現在の中国もまた、毛沢東に依存しているのである。

排出権取引業者が「自由」経済を謳歌《おうか》し、毛沢東のおかげで「自由」経済が進展する。もうわかってもいいのではないか。自由が正しいわけではない。規制が正しいわけでもない。規制によって自由の、自由によって規制の、メリットが生じただけである。

その根本には、なにがあるか。秩序はかならずそれだけの無秩序を生み出す。熱力学の第二法則といいかえてもいいであろう。私は経済にも物理にも素人だから、専門家に叱られるかもしれない。それなら脳の法則と呼んでもいい。規制は等量の自由を生み出し、自由は等量の規制を発生させる。人間はそれ以上のこともそれ以下も、おそらくできない。論理的にできないのである。それが気に入らないから「自由を謳歌」したりするのだが、それは宴の後だけに決まっている。絶対王政の後にはフランス革命が起こる。

どちらを美化するのも勝手だから、王党派と革命派が生じる。まともな人間は両者の間で、さぞかし苦労したに違いない。

海外旅行は「自由」になったが、おかげで空港では、うっかりすると靴まで脱がされる。小さな爪切り鋏《ばさみ》は、バンコクの空港で取り上げられたきり、行方不明である。それでも昔は旅行に行けなかったから、それに比べたら自由になったと、人々は思う。そうかもしれないが、そうでないかもしれない。旅客機は巨大になり、たいへんな量の燃料を食うようになった。その排気は大気を汚染し、もしそれで本当に地球が温暖化するなら、他方では不自由が増えている。時差があるから、いまは不自由が目に見えないだけのことである。さらに使った分の石油は減ったから、将来石油を使用する自由は間違いなく減った。つまり自由はその分だけ、おそらく不自由を増やしている。

多くの読者は混乱したかもしれない。お前は自由と規制と、どちらを評価するのだ、と。そんなこと、昔からわかっているではないか。お経に書いてある。五蘊は皆空。人間の脳のはたらき、つまり意識なんて、要するに空ではないか、と。自由になったと思うのも錯覚、つまり空なら、不自由もまた空である。じゃあ、どう考えりゃいいんだ。つまりその「考える」が空なんだから、結論はとうに出ている。フツーに生きているしかない。生きるために人はなにを必要とするか、そう考えたらすぐにわかるはずである。五千億円、儲ける必要なんかない。

（二〇〇六年七月）

＊京都議定書は、一九九七年十二月に採択されたが、二〇〇一年三月、アメリカが公式に離脱を表明した。

Ⅳ

社会を考える……たった一人の戦争

歴　史

親の育ちと子の育ち

のっけから大げさな話だが、明治維新以来、多くの日本人についた癖が一つ、あると思う。それは自分の育ちとは違ったふうに、子どもを育てることである。

もちろん旧家なら違うであろう。先祖代々の家訓をいまでも守っているかもしれない。さまざまな職業で、二代目が進出している。こういう人たちも、おそらく育ちが私とは違うと思う。だからこそ二代目として成功するのであろう。しかし少なくとも私の場合、旧家でもなければ、親の跡を継いだわけでもない。親の育ちと、私の育ちは違う。私の育ちと、私の子どもたちの育ちも違うのである。

私は食物のない時代に育った。だからカボチャとサツマイモは、もはや食べない世代である。小学校のころは、着るものといえば、ほとんど一着しかなかった。靴は運動靴で、穴があいているのが普通だった。たまに新しいのを買ってもらい、学校に履いていくと、帰りにはなくなっていた。だれかが履いていってしまうのである。

私の子どもはといえば、それとは育ちがまったく違う。冷蔵庫にはいつも、なにか食物が入っている。それどころではない。もう食べものなんか要らないという顔をしている。飽食しているらしい。靴がなくなる心配はもはやない。皇居に向かって最敬礼なら、私にもいささか体験があるが、学校で子どもがなにをどう教わってきたのか、自分の過去からは十分には読みとれない。これでは子どもにうっかり説教もできない。

十年以上も前のことである。新聞を読んでいたら、小学校しか卒業せず、丁稚からたき上げ、苦学力行して大会社の社長になった人が、若い人のために奨学金を出すという記事が目についた。そこで思わず、家内にいってしまった。自分が苦学して偉くなったのだから、若者にも同じようにしろと、なぜいわないいんだ。たちまち家内にたしなめられた。そんなこと、いうもんじゃありません。たしかに家内のいうとおりなのだが、それから十年ほど、なぜか勝手にこの問題にこだわっていた。そのこだわりが、歴史という主題に関係すると気がついたのは、ごく最近のことである。

馬鹿な話だが、私は自分の育ちが「正しかった」のか「間違っていた」のか、それをどう判断すべきか、よくわからなかったのである。カボチャとサツマイモで育ったのだから、自分の子どもだって、それで育つはずである。しかし、子どもにはまったく違うものを食べさせた。なにしろ日本経済が勝手に高度成長してしまったのだから、私個人の手に負える問題ではない。清貧を説いたって、子どもが聞くわけはない。うちはカボチャとサツマイモに徹底したとしても、給食がある。さらに子どもがよその家によばれていけば、美味しいものを食べてしまうに違いない。私の家だけ清貧を実行しようといっても、そうはいかない。テレビなんて、私は小学校の五年か六年の時に、横浜の野毛山にはじめて見に行ったのである。画面には隣の部屋がただ映っていた。うちの子どもにそんな話をしたって、とんでもなく年寄りだと思われるだけである。

これを抽象化していうなら、歴史を肯定するか否かということになる。芋とカボチャを食べた。それは歴史的事実である。そこにとりあえず問題はない。問題はその先である。その歴史的事実を認めることは、子どもに芋を食わせ、カボチャを食わせることか。事実はあった、と。そこまではよろしい。しかし、子どもに芋とカボチャを食わせないということは、大げさにいえば芋とカボチャの人生を否定したのである。なぜ否定したかというなら、カボチャよりビフテキがいいということであろう。自分がカボチャで育ったにもかかわらず、「人間の普遍」に立脚して、カボチャを否定したのである。ここまで来ると、かなり面倒な議論になる。もちろん私は、芋とカボチャについてだけ考えているのではない。中国や韓国のいう「歴史」と、日本人が考える「歴史」である。

教科書は間違うもの

伝統的行為の「型」を、暗黙であれ、公然であれ、否定したらどうなるか。子育てがむずかしくなる。子どもは自分と違ったように育つからである。それが「型」の重大さである。それに気づかなかったか、あえて無視したから、日本の教育はむずかしくなったと私は思う。福沢諭吉にとって「封建制度は親の仇」だった。それなら福沢諭吉の子どもはどうか。親とは別な問題を抱えたに違いない。子どものほうは、封建の世に育っていないからである。「親の仇」が消えてしまったのでは、どうしていいかわからないではないか。これが先ほどの「成金の奨学金」問題であろう。だからこれが、その後の日本近代史となる。歴史が自転車操業になってしまったのである。たとえば子どもは「親の仇」をべつに見つけなければならない。だから日本の歴史は現にそうなっている。

だから、それまで載っていなかった慰安婦問題が教科書に載る。とにかく軍国主義は「親の仇」なのである。こう考えてみると、伝統の型には抜きがたい面もあるとわかる。

私は教科書に墨を塗った世代である。しつこいようだが、これは芋とカボチャである。それを是とするか、否とするか。ともかく墨を塗って育った以上は、それを否とするのはおかしい。なぜなら、私の考え方に墨塗りが影響したことは、間違いないと思うからである。それなら教科書には墨を塗ってもいいという結論になる。それが現在の私を作ったかもしれないからである。墨塗りの肯定は、いまの私を是認することに通じる。

子どものころ教科書に墨を塗ったが、あれはよくなかった。大人になって、たとえそう思ったとしても、それはそのときの思いである。無意識というものがあって、すべてを意識化することはできない以上、自分の過去を完全に否定するわけにはいかない。日本国をヒドイ国だと仮に思ったとしても、その国が「ヒドイと思っている自分」を生み出してくれたことに変わりはない。そこを先生がちゃんと教えているか、それがいまの歴史教育の問題なのであろう。

もう一年近くなるかと思うが、アメリカ在学中の娘が泣いて電話をかけてきた。いわゆる「従軍慰安婦」が可哀相だというのである。カレッジの学生のあいだで、それが話題になったらしい。娘は慰安婦に心から同情して、なぜ日本軍はあんなことをしたの、と電話口で泣きながらいう。アメリカでいったいなにがどう話題になったのか、どうせこんなところだろうという想像はつくが、詳細を知らない。ただ泣かれては困るから、戦争のときはいろいろある、時代もある、二・二六の将校だって妹は吉原に売られるような生活だった、そう興奮するな、というと、なぜそう冷静でいられるの、という。べつに冷静でいるわけではない。この問題で腹を立てるとしたら、真の相手は娘ではないと思うていどの分別はある。ともあれ、カレッジでの議論がなんだか変だと納得させるまでには、電話代にして数万円はかかったはずである。

歴史の問題については、もうこれだけで個人的にはたくさんである。金もかけたし、時間もかけた。感情も消費した。ところがまだ終わらない。こんどは「新しい歴史教科書をつくる会」*から声明文を送ってきた。西尾幹二、藤岡信勝著『国民の油断』（一九九六年、ＰＨＰ研究所）という本も送っていただいていたし、最近の教科書のコピーもいただいた。それでつい考えてしまう。

私は教科書に墨を塗った。だから教科書になにが書いてあろうが、内容は自分で判断すべきだと思っている。とくに先生はそうでなくてはいけない。墨を塗ったとき、私は小学校の二年生だった。それなら子どもだからといって、容赦する必要はない。子どもにものがわからないわけではない。ものがわかる子もあれば、わからない子もある。それは大人も同じであろう。小学校一年生の私は、日本は戦争に勝つと信じていた。それが覆った以上は、教科書ていどで驚くわけがない。教科書が間違っているなら、先生はその部分に墨を塗らせればよろしい。それが私なりの「歴史的事実の尊重」である。私が現に体験したことだからである。教科書は間違うもので、人間も間違うものである。それをいつ教えたって、早過ぎるということはない。教科書が正しいと思う癖をつけると、だまされた、だまされたと、他人のせいにする人が増える。教科書が間違っていたところで、「生きている」先生がいるではないか。先生が教科書の訂正の役目ができないで、なにが教育か。

前代の型

歴史ではなにが連続し、なにが連続していないか、それを見極めなければならない。連続性のすべてを天皇制に依存するわけにはいかない。その見極めは面倒な作業である。ときどき私はそれをやろうとするが、わかったといってくれる人はまずない。それよりも前代を否定し、進歩主義をとるほうが楽である。封建制度、あれはダメ、軍国主義、あれもダメ。戦後民主主義、これもダメ。ところがダメといっている当人が、もともとそれぞれの制度のなかから這いだしてきたのだから、無意識に前代の型が身についている。そのくせ意識は意識できた部分だけを否定する。教科書裁判（一五八ページ参照）はその典型だが、その説明はたいへん面倒だから、もうやらない。「親の仇」でわかるであろう。

教科書になにが書いてあるか、それは内容である。教科書そのものは型である。内容が正しければよいかというなら、慰安婦問題のように、韓国から要請があったという、歴史的事実とは無関係な要素が入り込む。この種の問題はおそらくなくならない。検定制度に見るように、歴史はある意味では国家のものだからである。西欧ではこれはキリスト教史で典型的に起こる。宗教史を書き換えることは、過去を書き換えることではない。現代の信仰の問題になってしまうのである。

娘はいま帰省しており、藤岡信勝著『教科書が教えない歴史』（一九九六年、産経新聞ニュースサービス）を、いつのまにか自分で買ってきて読んでいる。私は参考資料など、教えた覚えはない。娘は自分なりに「健康に考える」ことを学んだのだと思う。私は私自身の歴史的事実を容認するしかない。だから教科書に墨を塗ればいいという、極少数意見を変えるつもりもない。そういうわけで「新しい歴史教科書をつくる会」に私は加わらない。「あらゆる教科書に墨を塗る会」なら参加してもいい。なにが普遍だ、なにが歴史だ、気楽に生きればいい。そう思う若者も多いらしい。『人格改造マニュアル』(鶴見済著、一九九六年、太田出版)が出版され、『脳内革命』(春山茂雄著、一九九五年、サンマーク出版)も大人気である。どちらも外部世界に抵抗するのは、もうやめたいという、現代人の意思表示であろう。むしろこちらが亡国の兆しかもしれない。

(一九九七年二月)

*「新しい歴史教科書をつくる会」は、従来の歴史教科書が「自虐史観」に陥っているとし、一九九七年に発足。二〇〇一年に「つくる会」主導で編集された中学歴史教科書が文科省の教科書検定に合格し論争を呼んだ。

ありがたき中立

教科書にはもうウンザリだ。そう思う人も多いのではないか。本誌の特集（「歴史教科書論争を解体する」『中央公論』二〇〇一年九月号）を見ても百家争鳴、内外を問わず言論人がどういうことに興奮しやすいか、それがわかる。

今度の歴史教科書問題については、新しい歴史教科書をつくる会ができたときから、私は警告してきたつもりである。当時、私は文藝春秋の『諸君！』という雑誌に連載をしていた。そこで「つくる会」の話題をとりあげたとき、問題は検定だということを述べた。繰り返すのはイヤだが、こういう世情を見ていると、繰り返すほかはない。

今回の問題にかぎらず、家永裁判*以来、問題を起こしてきたのは検定制度そのものである。家永裁判が話をややこしくしたのは、「検定をするほうが良識的だ」という常識が、その結果生じたことであろう。家永氏個人を批判する気はないが、あの裁判の背景がいわゆる「健全な常識を主張する」右翼と、「敗戦体験を絶対とする」左翼の対決になってしまったことは、だれも否定できまい。

ところが検定そのものは、本来中立なはずである。その中立なはずである検定制度があるために、中国や韓国との間で政治問題が生じるというのは、検定それ自体が政治的だということを実質的に意味する。

もちろん検定制度に関わり、それを維持しようとする人たちは、中立性を錦の御旗に掲げるであろう。しかし実情はそうではない。政治のいちばんむずかしい問題がここにある。政治的な状況のもとでは、すべての行為が政治的行為に変わってしまう。敵味方が激しく争っているとき、中立的な態度をとれば、両者から敵と見なされる。

例は悪いが、だれでも小便はする。それは生理的な「中立」行為である。しかし小便の当たる先に、政治的指導者の写真が大きく載った新聞があったらどうか。小便があくまで個人的行為であるなら、問題はない。問題はそれを見ている人がいたときである。同じ生理的、中立的行為が、そこではたちまち政治的行為に転換する可能性がある。中立的行為だからといって、状況によっては、うかつに小便もできないのである。

国が検定をすることは、中国や韓国の常識からすれば、国が「許可する」ことを意味する。読者が言論の自由をどう考えているか知らない。私は教科書の内容を国が検定するという印象を与える制度は、正しくないと以前から思っていた。内容を統制するつもりはない。検定関係者はそういうであろうが、事実はそうではない。そのあたりの微妙さは、実際に仕事をした人はよく知っているはずである。

なぜ検定という制度をいつまでも温存しておくのか。最近の教科書に関する議論で、それを論じたものを残念ながら見ない。一時、規制緩和ということばが流行した。規制をすると、一見よさそうに見えるが、長い目で見ればロクな結果にならない場合がある。

無関係なようだが、林業では一時、スギを植えることを国が奨励した。いまになってみると、どうにもならない状況が出現している。木材が売れないし、手入れをするには人手がないし、山はスギやヒノキばかり、食物のないサルやクマが人家に出入りする始末になった。花粉症はいうまでもない。

教科書を作るのは、民間の業者である。そういう人たちが、われわれがちゃんとやりますから、国は余計な口出しをしないでくださいというべきであろう。「つくる会」だって、話が民間だけなら、なんの問題もなかったはずである。どんな歴史教科書を作り、どの教科書を使うか、それはまさに教師の仕事の範囲であり、学校の仕事の範囲であり、教育委員会の仕事の範囲ではないか。それを文部科学省があれこれ指図する必要などない。知らない人のためにいっておくが、実際に教科書を書くのは、学校の先生方である。文部科学省が書くわけではない。

この教科書は間違いが多いから、ぜひ使いたい。そういう教師がいたっていい。教科書を訂正しながら使えば、生徒は活字を頭から信用する癖はなくなり、他人の意見はいろいろだということを知るようになるであろう。それが事実、私が受けてきた教育だった。いつもいうことだが、私の世代は教科書に墨を塗った。だから教科書の記述が間違っていれば、記述に墨を塗ればいい。さらにいうなら、墨塗りを指示したのは、当時の文部省だったはずである。行政の継続性をいうなら、いまだって墨を塗ればいいではないか。

文部科学省と名前が変わったから、文部省時代のことはわかりません。そういいたいのであろうか。残念ながら教育は私のように還暦を過ぎても、本人に影響を与え続ける。その根幹に関わる教科書の墨塗りに、文部省はどういう意見を持っているのか。それ自体がまさに「歴史問題」ではないか。だれがやったことでもない、文部省自体がやったことである。そこに明確な解答がなくて、どうして検定ができるのか。大学紛争時代なら、私は文部科学省に対して、「お前ら、自分のやったことを総括せよ」と迫りたくなる。

私は政府に金を出せとか、なにか要求をしているわけではない。余計なことをやめたらどうですか、といっているだけである。それで損をする人はだれか。検定という些細な権力をもっていると思っている人だけであろう。つまり文部科学省のお役人と、それにつながる人たちだけではないか。こうした些細な権力が、些細であるだけに、いかに動かしがたいものか、それを私はよく知っているつもりである。だからあえていう。

誤解のないようにいうが、私は墨塗りを批判していない。あれはたいへんよい教育だったと思っている。それ以前の歴史にあんなことはなかったし、それ以後にもない。つまり墨塗りはきわめて非日本的な、反世間的な行為だった。いまとなってはそれを私は大きく評価するしかない。なぜならその後の日本社会は、そのていどの乱暴な社会的行為を実行する覇気も気力も、まったく失ったと見えるからである。それがむしろ私の歴史観である。

検定を廃止することで、いったいなにを恐れているのか。なにも恐れるものはあるまい。日本の教科書は国民の意見で作られるもので、国民にはさまざまな意見がありますから、教科書の内容もさまざまです。それでどこがいけないのか。

基本的なことは同じでなければならない。これは単に世間の規則である。中国も韓国も日本も、その意味では似たようなお国柄であろう。ある種の考え方について、統一をとらないといけないと「思っている」のである。アメリカのような国では、端《はな》からそれはできない。だからむしろ統一見解を普遍的な人権や自由に置く。検定を維持しようとする人たちは、そこに引っかかっているのであろう。「教科書を自由化すると、どんな弊害が生じるか、わかったものではない」と。

日本の子どもは一日平均六時間、テレビを見ているという調査がある。それなら文部科学省はテレビの中身を検定しているのか。考えれば考えるほど、アホか、という気持ちになる。教科書なんて、子どもに与える影響は一パーセントであろう。むろんその数字に根拠はない。しかし子どもがテレビを見ている時間と、教科書を見ている時間を比較したら、比率はそんなものではないかと想像する。その教科書を「国が検定」して、外国との間で国際問題を起こす。これを馬鹿といわずして、なんといえばいいのか。

そもそも検定関係者は、今回の問題に対してどう責任をとるつもりか。すでに状況によって中立的行為も政治的行為に転換することがあると述べた。「つくる会」もまた、あえて政治的行為になることを「理解して」新しい教科書を作ったはずである。それを知らない、気づかなかったとはいわせない。つまり検定は政治的に「利用された」のである。

私が教育に関するルールとして置くべきだと思うのは、その意味での政治的行為の排除である。教育は中立であるべきである。しかし政治的に中立であることは意外にむずかしい。対立する見解があるときには、どちらかに荷担するほうが簡単である。私が教育に要求するのは、あたりまえだが、そういうときの中立である。

戦争時代をいくらかでも記憶している人は、その意味の中立のありがたさを知っていると思う。左翼反戦で獄中生活十数年という人もいた。積極的に戦争に参加して死んだ人もいた。どちらも日本人である。

つい先頃は、学徒動員で戦没した学生の記念碑を建てようという企画があって、私も賛同した。東京大学の話である。立教大学では学徒出陣による戦死者の名前がすべてチャペルに刻んであると聞いた。碑はできたが、大学の教授会は、学内にそれを建てることを認めなかった。ただ世話する人があって赤門前の私有地に建っている。

これについても、どうこういう気はない。しかし人々は「国」というが、私はそんなものは果たしてあるか、という気持ちをしばしば持つ。学徒出陣を命じたのは国である。検定をやっているのも国であろう。そんな実体が果たしてどこにあるか。検定をする人たちがあり、碑を建立したい人たちがあり、それを断る人たちがある。それだけではないのか。あなたはどちらか。それを大衆の面前で訊けば、つるし上げになる。どういう意見を持とうが、それはかまわない。しかしすべては国ではなく人のする行為だということ、それだけは記憶してほしいと思う。

（二〇〇一年九月）

＊家永裁判（「教科書裁判」とも）は、歴史学者・家永三郎が原告となり三十二年余にわたって争われた訴訟。自著の高校日本史教科書の検定に関し、一九六五年に国家賠償請求訴訟（第一次）、六七年に検定処分取消し請求訴訟（第二次）、八四年に再び国家賠償請求訴訟（第三次）を提訴。九七年に終結。

日本州にも大統領選挙権を

世の中、イラク戦争*でやかましい。こちらはもう墓を選ぶのが一生の仕事、いまさら戦争で熱くなる年齢ではない。それにしてもいわゆるグローバリゼーションの世の中、アメリカの問題が世界の大きな問題になる。それなら、と年寄りは思う。たとえばアメリカ大統領の選挙には、世界の他の国も、いくばくかの投票権を持っていいのではないか。それが「民主」主義というものであろう。その民主主義は、そもそもアメリカ建国の理想ではないか。

国が違う。グローバリゼーションのこの世の中に、そんな古臭いことはいわないでほしい。スターバックスだって、マクドナルドだって、あちこちにある。私がときどき朝食や夕食をとるのはデニーズである。それなら日常生活に大きな影響を持っているのはアメリカではないか。そこの大統領を選ぶのに、私になんの権利も認められていないのは、民主主義に反しないか。権利があるなら、義務があるだろう。そういう意見が出るに決まっている。だから湾岸戦争では多額のお金を支払い、今度の戦争にも応分の負担をしているはずである。そのお金の一部は、私の支払った税金であろう。金だけではない。兵役の義務だってある。そう注意する人もあるかもしれない。アメリカが徴兵かどうか、じつは私は知らない。志願兵制度ならなんの問題もない。要するに自衛隊ではないか。

日本はアメリカの州になってしまえばいい。そういう意見がかつてあった。私はいい考えだと思ったが、いまでもそう思う。自然科学の研究をしてみればわかるが、業績と見なされるような立派な論文は、いまではアメリカの雑誌に投稿されたものである。日本から英文の雑誌もたくさん出ていて、こちらは評価は低いが、ともかく英文である。それならべつに言葉だって、さして変わるわけではない。こういう話を英語で書くのも、どうせ若い頃は英語で懸命に論文を書いたのだから、いまでも不可能ではない。読者層も桁が増える。上手に書けば、市場が大きいのでいまより儲かる可能性が高い。

まず手始めに、円をドルにしてしまう。そういう意見もある。これもいい意見である。為替の計算がじつに簡単になる。デノミにもなる。大きな数字は外国語では考えにくい。

円とドルを同じにすれば、その面倒がない。日銀もいらないであろう。天下の秀才は連邦銀行に就職すればいい。まじめな日本人なのだから、出世するに違いない。

　ことほどさように、日本はアメリカの一部になっているほうが、考えることが少なくて済む。小泉（純一郎）首相もむずかしい顔をして、「アメリカを支持します」などと見得を切る必要もない。大統領に任せてありますといえばいい。そもそも首相を選ぶ必要がないではないか。どうせだれを選んでも変わりはない。それが日本人の本音だとすれば、ブッシュだっていいわけである。なにか悪いことがあるか。どうも思いつかない。日本には日本の歴史がある。そんなことをいわれそうである。べつに歴史は消えるわけではない。過去を消すことはできない。中国人や韓国人にそれをいわれるまでもない。それなら過去のことはそのままでいい。いいも悪いも、そのままであるしかないものが過去である。過去はいまさら動かしようがないからである。動かすとしたら、歴史を捏《ねっ》造《ぞう》するだけのことだが、それならいつでも人間がやってきたことであろう。どう捏造しようが、事実は変わらない。

　教育基本法の改正で、愛国心ということが問題になったと仄聞《そくぶん》する。愛国心は大切だという人たちは、よくアメリカを見てみろという。それならはじめからアメリカになったほうが簡単である。愛国心の教育もしてくれる。星条旗と日の丸はあまり似ていないが、それなら日章旗を日本州の旗にすればいい。

おそらく最大の問題は、アメリカ自体がうんというかどうか、そこであろう。それをまじめに考えたら、まさに国家の利害の問題になる。おたがいに得か、損か。

安保条約をどうこう考えるくらいなら、まず本質的な問題を考えればいい。日米が同じ国になるのはどうか。おたがいの利害が反するとしたら、それはどこか。お前は勝手にしろ、俺はこうする。そういう問題が日米間にどれだけ存在を許されるのだろうか。こと外交に関しては、ほとんどゼロではないのか。ふつうの人はそう思っているであろう。

どうせアメリカと意見が同じになるのだから、外務省はいらないといった人もある。これももっともな意見であろう。戦後半世紀以上、あなた任せでやってきた国だ、いまさら自主性をといっても、それは無理というもの。いまではそれが識者の意見であろう。それならいちばん無理がないのは、日米合体である。なんだか公武合体みたいだが、まさにそうではないか。アメリカは要するに征夷大将軍、日本はお公家さんである。武力はない。打つ手といえば、位打ちくらいか。それならブッシュ大統領には、皇室から征夷大将軍の位を贈ればいい。それで不足なら、位ならいくらでもあるはずである。歴史学者に聞いたらどうか。関白太政大臣というのもあったではないか。

ふまじめだと怒る人がいるかもしれない。私は人間の不幸の何割かは、まじめさから生じると思っている。アメリカ人はまじめで、じつはこれが迷惑のもとである。イタリア人なら、世界中があまり迷惑と思っていないと思う。たぶん、あまりまじめな感じがしないからであろう。世界でいちばんお金持ちの国がまじめだということは、じつは迷惑なことである。日本では金持ち喧嘩せずという。それならアメリカはじつは貧乏なのかもしれない。あれだけの資源を持ち、個人当たりでも世界一のエネルギー消費量を誇る国である。それがなんで喧嘩をするのか、そこがアメリカ人のまじめさであろう。まじめもほどほどがいいのである。

アメリカが大国なのはわかっている。それはエネルギーを徹底的に消費するだけのことである。何度も述べるが、それは環境問題を考えたら、じつは間違ったやり方である。アメリカの問題はそこにあるので、それだけのことであろう。それだけのエネルギーを消費すれば、たしかにそれだけのことができる。それはしかし、アメリカ人のやったことか、消費したエネルギーのやったことか。

膨大なエネルギーを使えば、大きなことができるのは当然である。個人としても私はそういう意見だった。だから科学研究でも、自分ではお金はほとんど使っていない。なぜなら金を使うということは、自分がした仕事か、お金がした仕事か、それがわからなくなるからである。お金を使えば、大きな仕事ができる。だから戦争だってできる。逆に貧乏国が戦争をするのが馬鹿げている。かつて日本がアメリカと戦争をしたとき、戦争は人だけではなく、お金がする、資源がするものだとは思っていなかった。だから戦争に負けて、物量にはかなわないという教訓を得た。

ではそれが真実か。私はそう思わない。そうはひたすら思わない。それが、考えてみれば、私の人生だった。私自身がなぜ研究にお金を使うのが嫌だったのか、いまになってやっとわかる。私自身は、まったく個人的に、この前の戦争を続けていたのである。もし物量が勝つというのなら、自分という人間の存在はそもなんであるのか。金があれば仕事ができるというのなら、まず金を儲ければいい。金があれば戦争に勝つというのなら、まず金を儲ければいい。人生は短い。金を儲けている間に、仕事も戦争も、する暇がなくなる。

人生は金ではない。それはアメリカ人にとってもわかりきった話のはずである。金が人生であるように見えるのは、社会システムという前提があるだけのことである。そのシステムのなかでは、という限定がつねについている。それが「現実」だという考えを、私はとうとうこれまで持たなかった。だから「たった一人の戦争」を続けてこられたのであろう。戦前と戦後の日本社会の変化、旧ソ連の崩壊、そうした事例を見れば、社会システムがいかにあてにならないものであるか、だれでもわかるはずである。それは現代アメリカというシステムについても、結局は同じであろう。そんな移り変わりの激しいものに基礎を置くのは、学問ではない。そう私は思った。

もはや別な道を歩くには、歳をとり過ぎた。死ぬまで私は、私個人の戦争を戦うしかあるまいと思う。9・11のテロ事件以降、親米とか反米という言い方が流行した。心のうちでいまだに戦争を続けている人間にとって、そんな言葉にまったく意味はない。私の敵はべつにアメリカではない。そんな実体があると、私は思っていない。アメリカという国家など、人の世の約束事に過ぎないからである。しかし私には戦う相手がある。それは半世紀以上前に、私の先輩たちが生命を賭けて戦った真の相手と同じものに違いない。自分の戦いを続けるなら、その正体は少しずつでも、わかってくるであろう。

私の意見、私の生き方が、だれの参考になるとも思わない。しかしイラク問題のおかげで、私は自分がなぜこういう態度で生きてきたのか、ある面で理解できたと思う。歳をとることのありがたさであろう。

（二〇〇三年五月）

＊二〇〇三年三月二十日、イラクの大量破壊兵器の廃棄とフセイン政権の打倒を目指して米英軍がイラク攻撃を開始。五月一日、ブッシュ米大統領により「戦争終結宣言」がなされる。

モノですよ、モノ

明日からフィリピンに行く。ヴェトナム、タイ、ラオス、マレーシア、台湾、インドネシア、ブータンと、これまで中国の周辺諸国を回っている。アジアでまだ行ってない国は中国、韓国、北朝鮮、モンゴル、カンボジア。香港も行ってない。モンゴルは行ってもいいが、機会がなかった。あとは行きたくない。

行きたくない理由をときどき訊かれる。そういう説明は面倒くさい。虫が捕れない。捕っても取り上げられる。要するに行動が自由にならない。知り合いに案内してもらえばいいが、それも面倒くさい。案内をしてくれる知り合いに、迷惑をかけてはいけない。そう思うと、結局は行動が自由にならない。

私のそういう気持ちを、たいへん上手に代弁してくれる本があった。古田博司著『東アジア「反日」トライアングル』(二〇〇五年、文春新書)。著者は中国にも朝鮮にも滞在したことのある、本当の専門家である。その人がいうことと、行かない私が思うことが、よく似ている。それならあえて行く必要がない。この本を読んだおかげで、ますます行く気がなくなってしまった。

現在の北京、韓国、北朝鮮政府の正統性の根拠とはなにか。日本帝国主義に勝利したことである。そういう政府が国民のためを考えるか。ふつう政府というのは、その国の人のためを考えるのが第一であろう。それが正統性の根拠だと私なら思う。だから曲がりなりにも民主主義が大切なのである。しかし政府存立の根拠が反日ではどうもこうもならない。過去の事件、しかも外部との関係に正統性の根拠がある。こんな変な状態で、政治を長年まともに続けられるはずがない。いまのところ日本を敵にしておくのが害がないから、それで済んでいる。そうはいかない状況がいずれ来る。敵は一つではないし、いつも同じではないからである。日本人としては、静かにそれを待つしかない。待てば海路の日和である。

人間関係は相手が外国でも本質的には同じである。敵だと見なされるのは、気分が悪い。しかし時には仕方がない。かつて悪いことをしたんだから、仕方がない。そう思って辛抱するしかない。その裏には、べつに自分がやったわけではない、という気持ちがある。親の代、祖父母の代である。それが三代前になったら、現代の日本人なら、曽祖父母がだれかすら、わからなくなっている可能性が高い。なにしろ八人いる。とても全部は覚えきれない。

他人に悪く思われている時に、よく思われようなんて、下手な努力をしても意味がない。そもそもだれかを悪くいわなければならないのは、ある意味で切羽詰まっている時である。本当の大人なら、物事を他人のせいにはしない。己の至らなさを恥じるだけである。自分の具合が悪いのは、不徳のいたすところに決まっている。

繰り返しいうが、誤解で損をするのは、誤解している本人である。誤解された方ではない。相手を間違って見れば、間違えた方が損をする。山で道を間違えれば、遭難するのは本人である。その意味で私は「正義」を信じている。正義という抽象的なものがあるのではない。当たり前を認めなければ自分が害を受けるだけである。その当たり前を正義と呼ぶ。

若い人にはもうわからなくなったはずだが、この前の戦争の最大の反省は「物量に負けた」ことである。物量とは、つまりどうにもならない現実である。それを精神力で打ち破れると主張した。それをひっくり返せば、よく思われる、悪く思われるなんて、じつはどうでもいい。問題は物量、つまりモノである。

中国の物量はどうか。二〇世紀末に黄河は断流している。そこで長江に三峡ダム*を造ったが、このダムを造ることの是非について、さすがの北京政府も、科学者たちに事前のアセスメントをさせた。その結論は否であった。造ってはいけないという結論だった。にもかかわらず、北京政府はその結論を無視した。私はこれでも科学者の端くれだから、そういう政府の下で働きたくない。ダムが溜めるのは、水だけではない。泥も砂も溜まる。アスワンハイダム**がいい例である。ナセル独裁政権は、旧ソ連の援助を受けて、あのダムを造った。砂が溜まるから、ダムはだんだん広がっている。一昨年エジプトに行ってアスワンハイダムを見学した。「広がってるだろ」とガイドに訊いたら、「広がってる」と答えた。「でも、広がってるのは、上流のスーダン側だからいいんだ」とこのガイドはいった。アラブの盟主は強い。スーダンが文句をいったところで、聞こえないフリをするに違いない。

独裁政権、強権を持つ政府は、大建造物を造りたがる。旧ソ連もさまざまな大工事をした。おかげでアラル海***が消えかかっている。例をいえば際限がない。その点、日本はまだ良識的であろう。東京にむやみやたらに高層ビルを建てる程度で済んでいる。それだって地震が来たらどうするつもりか。エレベーターが動かない、水が出ない、車が使えない。あんな狭いところに、大勢の人が集まって、いざというときにどうするのか。数ヵ月、復旧にかかるとしたら、その間どこに疎開するのか。そろそろマジメに考えた方がいいのではないか。

地震はなにも揺れている時だけが問題なのではない。後始末が問題である。高層ビルの瓦礫《がれき》は、どこに捨てるのか。どうせ海に放り込むのだろうが、それによる環境問題のコストを、ビルを建てた側が負担するはずがない。やることが大きければ、後の迷惑も大きい。そのときには、もはや知らん振り。

戦争の後もたいへんだった。威勢のいいことをいっていた人たちは、結局はなにもせず、なにもできず。戦後のモノ造り、夜の目も寝ずに仕事をしてモノ造りに励んだのは、われわれのような一世代後の若者たちである。まあ、仕事ができてよかったけどね。

ポスト小泉に中国まで絡んで、やかましい。それがどうなろうと、モノには関係がない。モノをきちんと見ていれば、将来の見通しに大過はないはずである。だから中国はいわゆる資源外交に精を出している。いくら精を出しても、モノには限度がある。それを環境問題という。中国の限度はモノの限度である。環境問題がその終末を示す。

ホリエモンやら村上ファンドやら、これもうるさいことである。お金の動きなんて、金を使う権利があちこちに移動するだけである。モノには関係がない。日銀総裁が使おうが、村上が使おうが、私の知ったことではない。ご苦労なことに、そういう人たちを捕まえたり、金の出入りを明確にせよなどといっている。これも同じように関係がない。いくらお金があっても、十倍モノが食べられるわけではない。住むところだって、結局は起きて半畳、寝て一畳、死んで火葬したら、小さな骨壺に収まる。さすがのビル・ゲイツが、もう金なんて儲けたくないといっていると聞いた。そりゃそうだろうと思う。まともな人なら、もっと以前にそう思ったはずである。

中国の土地は日本の二十六倍、人口は十倍である。それを食わせていくだけで、政府はたいへんなはずである。それなら他人のことを構っていないで、自分のすることをすればいい。毛沢東は自力更生でそれをやろうとしたが、無理だった。根本はエネルギー問題である。いまは安い石油が使えるからいい。しかし中国が本気で消費を始めたら、石油はもたない。対抗上、お隣の大国インドでも、石油の消費が増すはずだからである。

都市文明は完全にエネルギー依存である。狭いところに多数の人が住めるのは、物流が確保されているからである。北朝鮮で平壌に住める人が制限されているのは、エネルギー問題に決まっている。人工衛星から撮影した北朝鮮の夜は、平壌という小さな点を除けば、日本海と同じ明るさである。こんな国がいくらテポドンを持っても、戦争ができるはずがない。この前の戦争のときの日本と同じで、最初の一発だけであとは潰れるだけ。

その最初の一発を怖がる人がいるらしい。私は広島、長崎に原爆が落ちたときに、すでに小学生だったから、べつになんの心配もしていない。食うや食わずでミサイルを造るのは馬鹿げていると、だれでも知っている。むしろ食うや食わずだからミサイルを造るのであろう。これを逆にいえば、衣食足りて礼節を知るという。衣食が足りない状態では、脳はまともに働かない。空腹の人が機嫌が悪いのはだれでも知っていることである。そういう人はあちこちに当たり散らす。要するに迷惑である。当人はそれに気づかない。

もっとも衣食が足りると、人は別な悪いことをはじめる。小人閑居して不善をなす。お金の配分でもめるのである。これもいい加減にしたらどうかと思う。私は六十五歳を過ぎて、いままでは高齢者である。母親は九十歳過ぎまで、開業医をしていた。なんで年金がないんだと、思い出したように文句をいうことがあった。そういう元気な人は例外だろ。そういわれるが、いまはまともに働く人間は、ひょっとすると例外扱いにされてしまうのではないか。高齢で働いている人を優遇する措置はないのか。

（二〇〇六年八月）

*三峡ダムは世界最大のダム計画で、その構想は孫文にまでさかのぼる。一九九三年に着工し、二〇〇六年ダム本体が完成、付属する発電所などの施設は二〇〇九年に完成した。洪水対策、水力発電などを主な目的としている。しかし、ダム建設による百万人以上の強制移住、深刻な環境破壊のほか、生態系への影響も懸念される。また、ダム建設に反対する学者らが逮捕されるなどの問題もあった。

**アスワンハイダムは、エジプト南部のナイル川に建設されたダム。一九六〇年から十年かけて建設された。

***アラル海はカザフスタンとウズベキスタンにまたがる塩湖。かつては世界で四番目に面積の広い湖だったが、スターリン時代の灌漑事業や運河建設のために湖に流れ込む河川の流量が激減し、大小二つに分断され、面積は半世紀で十分の一に、干上がった箇所は砂漠化している。

データ主義

関西テレビが番組内で捏造事件*を起こした。これは現代ではふつうに起こるできごとである。私はそれをわりあいよく知っている。なぜなら学界でもまったくといっていいほど似た事件がよく起こるからである。近年では、アメリカのベル研究所で有名な事件が起きた。若手の研究者がすばらしい業績を上げたのだが、じつはデータのすべてが捏造だった。専門家だってなかなか気づかない捏造すら、起こりうるのである。関心のある方は、村松秀著『論文捏造』(二〇〇六年、中公新書ラクレ)を読まれたい。

データの捏造、現代ではこれくらいふつうのことはない。この問題はきわめて根が深い。実際にデータを自分で扱ってみたらよくわかる。

私は虫を扱っているが、他人から標本を貰うことがある。虫の標本には、いつ、どこで捕ったか、そのデータがついている。それがかならずしも正しいわけではない。研究を進めていくと、データの間違いに気づくことがあったりする。同じ虫を、同じ場所で自分で捕って調べてみるのが、いちばん手っ取り早い確認法である。現代人はその労を惜しむ。現場を知っていれば、その手間を惜しんではいけないことがあると、わかるはずである。

テレビ番組でのデータの捏造は、結果がたかが知れているという安心感が裏にあろう。虫も同じである。データが間違っても、だれもさして困るわけではない。だからデータの正確さがつい甘くなる。データの正確さは、そのデータの重要性にふつうは比例する。新しい薬物の場合なら、人命に関わることがあるから、かなり正確なデータが必要である。医学論文を抄録するサービスがあるが、校正にいちばん気を遣うのは、薬品の量だと教わった。薬の用量に一桁、誤植があると、患者さんが死ぬかもしれないからである。

今回の事件は納豆がダイエット食品だという話だった。そもそものテーマが、はっきりいえばどうだっていい。私も最近ダイエットをして、体重を四ヵ月で一割減らした。やり方は簡単である。毎食を半分にしただけである。なにを食べ、なにを食べないか。そんな厄介なことを考えたって、実行できるはずがない。出てきたものを半分だけ食べるというのなら、きわめて簡単である。

どうして肥《ふと》るかといったら、食べすぎるからに決まっている。そうかといって、絶食するわけにはいかない。それなら食事量を減らせばいい。論理的にはこんな簡単なことはない。現代人はそれができない。なぜなら本気でないからである。体重が減ろうが減るまいが、大した違いはない。生活に困るわけではない。そういう人が多いはずである。それならダイエットが成功しなくて当然であろう。

納豆だろうが、豆腐だろうが、食べたらその分は栄養になる。それを食べて、なおかつ痩《や》せようというのは、もともと論理がおかしい。食べるものを減らさずにダイエットをしようというのだから、そんな人を私は相手にする気はない。家計と同じで、お金を使いすぎたら、貯金が減り、使わなかったら貯まる。それだけのことである。肥るのは栄養の取りすぎだから、収入を減らすか、支出を増やせばいい。それができないのに、なんとか体重だけ減らしたいという。それを私は常識がないという。当たり前のことがわかっていないからである。そう思えば、もともとダイエットについての議論自体、あまり意味がない。そういう世界に詐欺まがいの出来事が発生するのは、むしろ当然かもしれない。

データの読み方というのは、それ自体がじつはむずかしい。だからそこにインチキが付け入る余地がかならずある。専門家の集まりである学界だって、騙されるのである。そもそも私は、データに基づいた議論を信用しない。現代人が逆の常識を持っているのは知っている。にもかかわらず、私は逆を信じている。データは考えていることを確認する材料に過ぎないのであって、じつは考えのほうが優先するのである。根本的にはだから捏造が起こる。納豆はダイエット食品だとまず信じてしまえば、極端にいうならデータはいくらでもできてくる。お金と手間をかければ、そういうデータは取れるはずである。関西テレビはその手間すら省いただけのことであろう。

データに基づいた議論だから、確実な議論だと信じるのは、悪しき科学主義である。データに従って、新しい考えにたどり着く人なんて、科学者のなかにだって少ないはずである。ここで納得しない人のほうが多いかもしれないが、これ以上説明する気はない。レントゲンという物理学者は徹底的にデータを取る人だった。だからX線を発見できたのだが、そういう人は科学者のなかでも例外的である。しかもその裏には、おびただしいデータの蓄積、つまりムダがあった。レントゲンは最後にそれらをすべて焼いたと伝えられている。現代人のように忙しい人たちが、データが導く方向に動いていくはずがない。そんな暇があったら、現代人ではない。データはつねに本人が持っている仮説を支持するものとして使われる。だからインチキが発生しやすいのである。ある目的に沿ってデータを出したら、強いバイアスがかかるに決まっている。

タバコに関する議論を見ているとしみじみそう思う。私がそれを信じないのは、だれが金を出したか、それが明白でないからである。とくに米国の場合、研究費が出なければ、あんなにデータが出るはずがない。じゃあ、だれがそれを出したのか。基礎的な研究をする優秀な科学者なら、あんな仕事は本気でやらない。私はそう思っている。研究費が出るからやったので、その金を出した側には、なにかの思惑があるに違いない。そうした政治的な研究なんて、私は信じない。

データから見るかぎり、タバコは健康に害がある。そう思っている人は、もはやほとんどであろう。私はそんなものを信じていない。なぜならたとえば六十歳を過ぎたら、タバコを吸おうが吸うまいが、余命に関係はないというデータがちゃんとあるからである。糖尿だって同じである。それは日本のデータである。

じゃあ、そのデータを信じているかといったら、タバコは健康に害があるというデータと同じように信じている、あるいは信じていない。データはデータで、それを取った人があり、取ったやり方がある。それがデータの限定条件である。まったく客観的で公平なデータなんて、自分でやってみればわかるが、取れはしない。あくまでもある限定条件付きである。現代人はその条件なんか、面倒くさいから見ていない。

賞味期限切れの食品が問題になっている。賞味期限とは、それならいったいなにか。それをきちんといえる人がどれだけいるだろうか。マンションの耐震強度偽装と同じであろう。日本中のマンションがきちんと建設されているかどうか、それを調べる流行は終わったらしい。ではいったい、なにをどう調べたらいいのか。健康診断にも似たことがいえる。どれだけの医師が本気で健康診断を受けているだろうか。私が医学部に勤務しているときは、十学部のうちで、医学部勤務者の健診を受ける率が最低だった。

賞味期限切れの食品を売っているのは、それでほとんど害がないことを売り手が知っているからである。じゃあ本当に害がないかと詰め寄られたら、返事ができないはずである。いかなるデータを持ち出しても、確実に害がないなんて、いえないからである。本当にいえることとは、確率的に害がないであろう、ということだけである。私の家内はときに一年以上賞味期限が過ぎたものを私に食わせたりしているが、私は元気にしている。生きているということは危険との戦いであって、この戦いにはどこかでかならず敗れる。しかし、敗れるまでは勝ちである。勝ちに驕《おご》ってはいけないが、敗戦だけをひたすら恐れたら生きていけない。生きている意味がない。

虫の研究をしながら、できるだけ確実なデータを出そうと、私は思っている。しかしそれ自体はやたらに厄介な作業である。毎日やっているから、そんなことは、イヤというほど、わかっている。たかが虫でもそうなのだから、相手が人間となったら、一筋縄ではいかない。

大きなデータはそれなりに信用できる。タバコでいうなら、吸う人と吸わない人の平均寿命を比較したデータがあれば、いくらか納得する。でもその結果はほぼわかっている。差がないか、吸う人が長生きであろう。なぜなら病人はタバコを禁じられるからである。

考える労を惜しむ人が悪しきデータ主義に陥る。データを取るには手間ひまがいるが、考えるのはタダである。だから本当の能率主義は考えることにある。私はそう思うが、それは現在ではおそらく少数派であろう。現代人はすぐにデータを出せ、という。そういう態度だから、データさえ出せばいいんだろ、という人たちが現れる。おかげで納豆でも簡単に騙される。いまでは哲学は衰微した。大学は哲学なんていらないという。万事は金の世の中、データを取るには金がかかるが、考えるのはタダだから、考えることに価値がなくなったのであろう。

（二〇〇七年三月）

＊二〇〇七年一月七日に放映されたテレビ番組「発掘！　あるある大事典2」で、納豆で痩せるというテーマに虚偽のデータを使ったとして問題となり、同番組は打ち切られた。

＊＊二〇〇七年一月十日、洋菓子メーカー不二家が消費期限切れの牛乳をシュークリームの製造に使用していたと報道され、翌日から不二家は製造・販売を休止（三月再開）した。

終わりは自然

この連載も、今回でおしまいである。以前からどこかで打ち切りたいと思っていたが、あと半年といわれて、今回がその半年目。

昨年から今年にかけて、同年配、同級生が四人亡くなった。そろそろ私も順番待ちになった。天国だか地獄行きだかの列車待ち、列の先頭が見えてきた感じである。

べつにどこか具合が悪いというわけではない。そうかといって、他人を押しのけても世の中に出て行こうという年齢でもない。ひたすら死ぬ順番待ち、それなら社会的な仕事はだんだん引っ込んで当然である。連載というのは、いわば半公式の仕事で、勝手に休むわけにいかない。それを思えば、何年もまあ、無事によく続いたものだと思う。途中でなにか事故があっても、おかしくなかった。この先はもう、事故があって当然みたいな年齢だから、ボチボチやめようと思ったのである。

もともと社会的な関心が高いほうではなかった。そもそもの仕事が基礎医学で、趣味が虫集めだから、それで当然ではないか。それが社会時評みたいなことをする。それは無理だから、自分の本音が出てくれば、やめたくなるに決まっている。ある年齢を越えると、努力というのができなくなる。無理してやらなくたっていい。たいていのことは、まあ、いいか、になる。世間の出来事に対して、とんでもないとか、ダメだとかいったところで、老いの繰り言にしか聞こえまい。

残ったものは、自然への関心である。自分が自然に還るのだから、それでいいのだと思う。今日はたまたま箱根の山から横浜まで出てきたが、山の桜が美しかった。ソメイヨシノではない。土地の人はフジザクラ、オトメザクラ、マメザクラなどと呼ぶ。灌木に小ぶりの花がついていて、地味だが、気がつけば鮮やかに目に残る。日本の新緑は本当に美しい。紅葉を愛でる人は多いし、ドライブマップには紅葉印がついている。でもそういう場所なら、かならず新緑も美しい。広葉樹が多いということだからである。

そういう中に置かれると、モミやツガのような針葉樹の黒さも引き立つ。さまざまな色調の桜色、淡い緑に混ざって、黒のパッチワークが見える。その混ざり方がまさしく「自然」である。そうした黒の配置をなんといえばいいのか。ある意味ではデタラメというしかないが、決して無原則ではない。じゃあどういう原則かというと、それを「自然」というしかないのである。樹木の葉が思い思いの方向を向いているのに、全体として調和がとれている、それと同じことであろう。長い間そういうものを見慣れてきたので、そこに自然の法則を見てしまう。

樹木の葉なら、一日のうちに受ける太陽の光が、一本の樹木全体として最大になるように配置されているはずである。ところが太陽は時々刻々、位置が移動する。さらに日々、東西に若干ずつずれる。たがいに邪魔にならないように、すべての葉がそれぞれの位置を決めるとしたら、どうすればいいか。自然の樹木はその課題に対して、まさに「自然に」解答を与えている。

樹林のなかの各種の樹木についても、それは同じである。一種類の樹種で構成される林もあるが、いくつかの種を組み合わせて植えると、育ちがいいといわれる。たがいに補い合う面が現れるからであろう。新緑のパッチワークのなかに、私はその法則を見ているのに違いない。それが美しく感じられるのである。数学でいうなら、それが多次元空間の安定平衡点だからである。

翻って都会を見ると、話がまったく違う。箱根の山から横浜に来ると、それがまことだから感覚が田舎者になっている。箱根に行く前はラオスにいた。田舎を回って、毎日虫を捕っていた。だから感覚が田舎者になっている。高層ホテルの上から、下の世界を見ると、ほとんど目が回る。美しいというより、目まいがするというしかない。刺激だけがむやみに強い。駅の構内を歩くと、西も東もわからない。歩行者にぶつからないように歩くだけで、精一杯である。これをはたして生活と呼んでいいか。

私はべつに田舎に住んでいたわけではない。しかし心底から雑念を去ってすることといえば、虫捕りであり、新緑を見ることである。そこに「吸い込まれてしまう」のだから仕方がない。そういう心の持ち方こそ、幸せと人が呼ぶものではないか。虫は都会を除けばどこにでもいる。日本の国土には小さな山々が数知れずある。それを見て楽しむ癖さえつけば、幸せなんて、いくらでも手に入る。

なにも歩かなくたっていい。ただ見ているだけで、さまざまな想いが浮かんでくる。若い時ならそれだけで胸が一杯になった。恋愛だ結婚だというのが、私にとってさしたる大事件とは思えなかったのは、他方に自然界があったからである。世の中が面倒になったら、虫捕りに行けばいい。はるか昔の、狩猟採集民の遺伝子が残っているのかもしれない。

三月の初めは台湾の山中にいた。相変わらずの虫捕りだが、台湾にも虫の愛好者が現れてきたのである。経済面が楽になって、しかも自然がある程度残っている。そういう社会では虫捕りが繁栄する。といっても、金儲けに走る人数とは、もちろん比較にもならない。会社が潰れたからって、なんで自殺するんだという話になる。会社が潰れたら喜んで虫捕りに行っちゃうんだが。一人がそういうと、もう一人がいう。会社を潰して、虫捕りに行ったやつもいるよ。

三月の終わりは今度はラオスだった。乾季のいちばん暑いときで、しかも焼畑が盛りである。森に火をつけて焼くから、大げさにいうと、ラオス中がいぶっている。煙で風景がかすんでしまう。焼き跡でまだ火がくすぶっているときに、倒れた木にはもうカミキリムシやタマムシが集まっている。足元は火であぶられ、上からは太陽に照らされる。暑いなんてものじゃないが、そういうところで嬉々として虫を捕っている。ゾウムシは一種類だけ、ただしいくらでもいるから、いつの間にか百匹以上捕まえてしまった。それを全部標本にすると、手間がたいへんである。まあ自業自得で、仕方がない。

ところがそういう標本を作っていると、気持ちが落ち着く。じつは私がいちばん好きな作業は、標本の作製なのである。解剖も似たようなものだった。ただし解剖は仕事だったから、どこかに義務感が付着している。これがいささか邪魔だった。おかげで至福の境地には至らない。どうやって論文にするかとか、はたして発見があるだろうかとか、邪念や雑念が入ってしまう。虫の標本作りにはそれがない。まったく実用性がなく、研究上の必要性もないに等しい。むしろ標本を作ってしまったから、研究でもするか、に近い気分である。そういう作業が大好きとは、どういうことであろうか。

ラオスから戻ってほぼ一週間、標本ばかり作っていた。それでもこれから標本にしなければならない虫が、まだかなり残っている。標本を作っていた時間はほとんど無念無想だから、記憶に残らない。肩が凝ったとか、背中が痛いとか、そういう跡しか残らないのである。出来上がった標本があるから、作業をした痕跡は歴然としている。

黙って手作業をしているのが至福の時間だというのは、職人の世界であろう。確かにそれに近いところがあって、たとえば道具に凝りだす。作品のできばえは、道具に影響される面が大きい。そこで道具探しになる。標本用の道具で市販のものなんて、わずかしかない。それも自分に使いやすいとは限らない。だんだん凝って、道具を自分で作るようになる。私はそこまではやらないが、ありとあらゆる商品を探す。紅茶漉《こ》しは二種類使っている。虫の洗浄用である。大きいのと小さいのがある。説明を加えてもいいが、呆れられるだけだと思うので、その二つがどのように違うかについては省略する。

自然に直接に接すること、そこからなにかを情報化すること、それが私がやってきたことである。人間世界で人間の相手をすることは、最小限に止めてきた。それでここまで、よく生きてこられたと思う。おかげさまでといわなければならないが、ふつうの人がそういう時と、いささか意味が違うであろう。長年お勤めをして皆様のお世話になりました。おかげさまで無事に定年が迎えられました。それがふつうだと思うが、私の場合には、おかげさまでなんとか世間に居場所を与えていただきました、という意味である。鴨長明、西行、芭蕉、あるいは戸沢白雲斎や塚原卜伝《ぼくでん》、あるいは白隠禅師、私の頭にある老人といえば、そういう人たちである。そういう先輩方がたくさんおられるのだから、余生は虫の標本作りだけで十分であろう。

それでも虫にこだわっているところが、まだまだ生臭い。最後にどういうべきか、あれこれ考えてはみるが、お世話になりましたという相手は、じつは虫だといったら、叱られるに決まっている。こういう人間を置いてくださった世間様に、やはり感謝すべきであろう。

（二〇〇七年六月）

二十年後のQ＆A

養老孟司先生のお宅は、鎌倉の駅から徒歩で約二十分、山や寺などに囲まれた自然豊かな場所にある。本書をまとめるにあたり、久しぶりにご自宅を訪ねた。
（二〇二四年八月八日収録・聞き手　鵜飼哲夫）

——暑いですね。

養老　ほんと暑いよ。日の高いうちはとてもじゃないが外に出られない。

——いつもの夏だと、庭にやってくる鳥の声がまだにぎやかで、肝心の先生の声がよく聞こえないときもある（笑）。それが、この夏はなんだか静かです。

養老　暑さがひどすぎるからだよ。「自然に帰ろう」って言われても、この暑さでは、うっかり自然に帰ったら殺されちゃいそう。

——熱中症になりますね。

養老　虫だって暑いのは苦手で、四十三度ぐらいまでじゃないかな。エサである虫がいなくなれば鳥も少なくなる。

——春先にちょっと体調を崩したそうですね。

養老　肩こりがひどくてね。右肺のいちばん上あたりが痛かった。でもただの肩こりじゃなかった。悪性腫瘍が大きくなり、神経を刺激していたんです。神経ってね、刺激されると敏感になって脳に信号を送る。その信号を肩こりの痛みだと解釈していましたが、検査したら四月にがんが見つかった。ステージ2の小細胞肺がんで、原発巣《げんぱつそう》だけで転移していませんでした。

——病気のことは公表してもよいのですか。

養老　全然かまわないですよ。だって別に政治家でも何でもない。それに国民の二人に一人はがんになる時代でしょ。僕は男性の平均寿命は突破している。この歳ならがんがあって当たり前です。

——治療のほうは?

養老　抗がん剤治療は終わり、これから放射線治療を受けます。昔に比べると、本当に治療が良くなりましたね。僕が大学を辞めたのは今から三十年前です。その頃だとまだね、抗がん剤を使っている医者がね、自分ががんになったら使わないっていう人がほとんどだった。今はそういうこともなくなり、良くなっていますね。副作用についても、患者のことを考えて、あらかじめ薬を点滴して、吐き気とか副作用が起こらないようにしてくれる。終わった後も腎臓障害にならないよう生理食塩水を大量に流すなど、できる限りのことをしてもらっている。

――さすがに禁煙されたとか。

養老　タバコはね。うちのがうるさくて、そっちの方が大変。吸おうとすると怒るんだもん（笑）。理論的には今さら禁煙したって、影響が出るのはかなり先で、歳のいった僕にはもう関係ないはずなんだけどね。まあ、タバコのことは思い出さないようにするしかない。

――健康のために始めたことはありますか。

養老　ないない。やっても無駄。こうすれば身体にいいといろいろやる人が昔からいますが、それは頭の都合で、身体はそう都合よく思うとおりにはならないよ。疲れたら休み、なまってきたと思ったら歩く。素直に身体のいうことを聞いている。

――スポーツの世界では次々と記録が更新されます。身体の能力はどんどん向上しているようにみえますが。

養老　オリンピックなんか見ていると、よくやるよと思う。身体の使い方がものすごく人工的で、身体の都合を無視して限界近くまでやっている。それで勝ったの負けたの、大騒ぎ。テレビ見てるだけで疲れる。

――今回収録した「現代こそ心の時代そのものだ」でも、〈ふつうの人には、ああした身体の使用はとうていできない。あれは日常とは、まったく無関係〉と書いていますね。

養老　考えは変わらない。

――「ニッポン！　チャチャチャ！」みたいな応援はしない？

養老　戦争以来、懲りたよ。とにかく、自分の身体の声を聞きながら、もうちょっと楽にしたら、って思う。

それで思い出したけれど、動物って努力して何かを手に入れることが好きなんだよ。餌をやるときにレバーを踏んだらお皿に餌が出てくるのと、何もしなくてもお皿に餌が出てくるものと、二つの装置を並べると、犬でもネズミでも必ずレバーを押すっていう。でも、レバーを押さない動物が一種類だけいる。

それはね……猫（笑）。猫は最初から楽な方を取る。やる気がない。うちで飼っていた「まる」はその点ではトップクラスだったよ。

――「まる」が亡くなって、もう四年になります。

養老　しょっちゅう思い出すね。この部屋にはよくいたから。あのカーテンのうしろでは、あぐらをかいて座ってたし。ほんとうにヘンな猫だ、あれは。

虫のこと

――この夏は、七月八日から九月一日まで地元鎌倉で、養老研究所が主催する展覧会「蟲?・?・?　養老先生とみんなの虫ラボ」が開催されました。私も初日に伺い、たくさんの標本だけではなく、虫の匂いや虫の発する音なども楽しみました。夏休みとも重なり、多くの子どもたちが訪れたそうですね。

養老　治療の合間に会場に行き、標本づくりをしながら子どもと遊んでました。

――スタッフの方からは、「先生は暑さに負けず、時間があれば虫展に足を運んでおります。やはり虫が先生を元気にしています」と聞きました。

養老　明日もまた虫展の会場で、標本をつくりますよ（笑）。

――この展覧会のタイトルもそうですが、よく、「蟲」という漢字を使いますね。

養老　「蟲」と書いた方が虫の感じが出るじゃない。ちっちゃいのがたくさん集まっている様子が見えてくる。
　僕らの世代がほとんど最後でしょうね、こんなふうに旧字体を使うのは。今の小学生なんか、旧字体は全然見ないでしょう。それを当用漢字にしたのがコスパ、タイパのはじまりか。学校の「學」なんかその典型で、かなり簡略になった。医療の「醫」と醤油の「醬」の字との区別がつかない人も多いんじゃないか。

——収録した「終わりは自然」で、〈虫は都会を除けばどこにでもいる〉と書いていますが、今や、大好きな虫がどんどん世界からいなくなっていますね。

養老　虫は減る一方で、自然保護区でも虫が急激に減少しているという。蠅もいない。五月蠅いをウルサイと実感する人はもはやいない。「虫を捕るな」という声はうるさいけれど。

——「命を大切に」という声も増えるばかりです。

養老　命なんて抽象的なことを言っても説得力はない。命を見たことがありますか。生きものは毎日見ていますが、命なんて見たことがないでしょう。
　だから僕は、命という言葉ではなく、生きものと言いますが、今の人は虫の実体感が希薄で、虫の思い出がないんだよ。だから虫を見つけると殺虫剤でシューッとやる。
さっきの「命を大切に」というのもスローガンにすぎないと思う。なぜかというと、世界では開発により、森林面積が年間約五〇〇〇万ヘクタール減少しているとの報告がある。日本の森林面積は約二五〇〇万ヘクタールですから、世界では日本がわずか五年間で丸裸になるスピードで森林が減り、生息する虫を意識せずに大量に殺している。虫捕るな、と言っても、これでは意味がないでしょう。

――蠅や蚊、害虫がいなくなり、喜んでいる人もいますが。

養老　子どもが少なくなるはずです。都市というのは意識の産物で、部屋は冷房、照明は人工、トイレは水洗とすべてを管理したがり、思うように管理できない虫など自然を排除する。赤ん坊、子どもも育ててみなければ先行きが不明という点で自然の存在です。そんな危ないものとは関わらないほうが無難と考え、子どもを産まない人もいる。
都心のビルはどこだってそうでしょう？　建物の中には無意味なものは置いていない。石ころは転がっていないし、ミミズもいない。そういう社会を作れば当然、人間は意識でわかる正しさばかりに突っ走ります。

――虫展では、「僕は子どもにこうなってほしいというのは一番嫌なんです」と、ビデオを通して語っていました。それにつづく言葉が印象的でした。
「子どもはやっぱり好きなように育てばいい。それを本来、自由っていうんですけど、それを縛ろうとするんです、大人は。子どもはどうなるつもりで生まれてくる訳じゃないんです。ただ、木々が充分に枝葉を茂らせるように子どもが成長するためには、世界をもうちょっときちんと、よく見ておく必要がある」

養老　そう。年寄りが「ああせい、こうせい」というのも問題でね。もう、なるようにしかならないんだから。

ますます進む都市化について

――大学時代からもう六十年以上、横須賀線で鎌倉―東京をよく行き来してきましたね。往復で約二時間。車窓から見る好きな風景はありますか。

養老　大船駅と戸塚駅の間を列車が行くと、柏尾川《かしおがわ》が見えてくる。春になると桜並木が見え、鷺がやってくる。そういう木々や自然を見てきました。でも、本当に家が増えましたよ。町なんか全然なかったところにも家が建ち、かつては東京に行くとき、車窓の左側に見えた富士山が今は見えない。家が邪魔なんだ（笑）。

僕は昔から「日本は混んだ銭湯だ」と言っています。人口密度が高く、混んでいるから身動きすると迷惑、じっとしてろと言われ、それが忖度を生む。

——武蔵小杉あたりはタワーマンションが増え、随分、変わったと思いませんか。

養老　自然がないからあんなとこは見ないよ。そういうところを通るときには本を読んでいる。

——タワマンには関心はありませんか。

養老　住む気はない。虫もいないでしょ。タダでやるって言われても嫌だね。地震になったらどうするんだよ。エレベーター止まるでしょう。三十階、四十階、俺に歩けって？　ごめんこうむる。

——これだけ都市集中が高じると、いざ首都直下地震が来たときの被害も心配ですが、復旧も課題が山積みです。能登半島地震でも被災した家屋の公費解体が進まず、問題になっています。

養老　瓦礫をどこで処分するのか。みんな黙っているけど、海に埋めるのかもしれない。そうなったら東京湾が埋まるよ。

——二〇三四年以降の開業が目されているリニア中央新幹線には乗ってみたいですか。

養老　実は乗ったことがある。どういうきっかけだったか、試乗しましたよ。東南海で大地震があったら東海道新幹線が使えなくなる。それでもう一本ないと困るんでしょう。それが気になっていた。当時の乗り心地はもうひとつだった。

なんでそんなに急いで行かないといけないのか……。シベリア鉄道ならまだしもね。

――〈都会人の問題は、意識的活動こそがまともな活動だと思い込んでいることである〉と収録の「犬と猿」に書いていますが、面白いのはこれにつづけて〈そういう人は、寝ている間は自分はどう考えているんだと、たまには反省すべきなのである〉と記していることです。寝ている時間も人生、という見方は今読んでもハッとします。

養老　意識が存在することには、眠りという無意識の時間が必然的に伴っていますから。

――その眠りが近年、注目を集めています。大リーグの大谷翔平選手がしっかりした睡眠をとることで優れたパフォーマンスを示していることも一因と思われます。

養老　生きものには活動と休息というリズムが大切ですから、眠りはもちろん大切です。

――実生活でも睡眠は重視してきましたか。

養老　子どもの頃はもちろん、まだテレビなんてなく、電灯を消すとやることがない。

それで小学生のときは夜七時には寝ていた。そして、外が明るくなると目が覚め、早めに学校へ行き、友達と遊んでいた。よく寝て、よく遊ぶ子どもだった。中学・高校生になると、寝る時間は遅くなりましたが、よく寝る習慣は守り、試験前もしっかり寝た。

――四当五落（四時間睡眠で受験勉強に励むと合格し、五時間寝てしまうと落ちる）という言葉がかつてはありましたが。

養老　成績をあんまり気にしないタチというか、開き直るというか。寝なきゃ駄目だよっていうのは知っていましたね。だって、若いときでもたまに徹夜すると、もう次の日は寝ないじゃいられない。いくらでも寝られた。慢性の睡眠不足の頭では能率が悪いし、試験本番でも集中力を失うに決まっている。

――よく眠ったほうが記憶は整理され、定着するという見解が今や、睡眠学者の間でも一般的になりました。

養老　ただ、睡眠について語るのはその辺で止めておいた方がいいと思う。だって、起きているのは意識がある状態で、寝ている間は、夢をみても意識がない。言葉という意識の産物で、眠りという無意識について語るのは自己言及の矛盾でしょう。無意識やユングを研究していた臨床心理学者の河合隼雄さんは、無意識を意識で解明するおかしさに気がついていたと思う。だからあの人はいつも「私はウソしか申しません」って真面目になるほど言っていたんだよ。これはまさに自己言及の矛盾でしょう。この言葉がウソだとしたら、ほんとうのことを言っている。ほんとうだとしたら、ウソを言ったことになる。

――今日あったことをくよくよしたり、明日のことが不安になったりして眠れなくなることはないですか。

養老　やっぱり人間関係とかを考えると面倒だね。だから虫の方がいい。虫が一番だよ。

「バカの壁」の昨今

――本書には、二〇〇三年に『バカの壁』（新潮新書）を出版する前後に書かれた文章が多く入っています。これは「バカの壁」ではないか――近年、そう感じることはありますか。

養老　将棋をＡＩ（人工知能）にやらせるようになり、人間を打ち負かすようになったのをはじめ、ＡＩが大きな力を発揮しています。人間の脳神経をまねたコンピュータが、独自に勝つ法則を学習するディープラーニングがその鍵を握っています。問題は、どうしてＡＩが強いのか、誰にもわからないことです。勝つからいいじゃないか、勝つんだからしょうがない。それでおしまい。アインシュタインが「神はサイコロを振らない」といった時代には、一つひとつのプロセスに意味があった。それが今や、プロセスなんてどうでもいい。コスパ、タイパを重視して都合のよい結果、望ましい結果だけが効率的に手にはいりさえすればいい、という動きが広がっている。ものすごく難しい時代だ。

――結果良ければすべてよし、ではダメですか。

養老　ものごとには運動系の論理と知覚系の論理があって、運動系では、やってみて、失敗から学ぶ、これがいちばんいいんです。そもそも、何かをやってみなければ成功も失敗もない。一度やって失敗したぐらいで諦めてしまうと、そこで可能性が潰えてしまう。運動系では、しぶとく頑張るやつが、長い目で見るといいんですよ。

でも、運動系の論理に縛られると、世界はどう実在するのかといった知覚系の論理がこぼれ落ちてしまい、一種の疎外が起こる。「どの結果が良ければいいのか」を誰がいつ決めるのか。僕は今、病気だから思うけれど、そういう結果重視の時代では、「がんの手術は成功し、がん細胞は撲滅しました。でも残念ながら本人は亡くなりました」ということになりかねない。

――この二十年ではスマホが普及し、学習の仕方から暮らしまで大きく変化しました。電車の中で本を読む人はまれになり、多くはスマホをいじっています。

養老　脳をひとつのことに集中して使う習慣が失われ、スマホで広く浅く使うことのほうに慣れてしまったのでしょう。そのことで最近気になったのは、虫展に来る人来る人、「写真撮っていいですか」って聞き、やたら撮っていること。あれ、どうするんだろう。記録のつもりだとしても、撮りっぱなしじゃ記録として使えない。子どもたちには、標本づくりでは必ず、いつどこで誰が捕ったかを記したラベルをつけるよう教えている。これがないと標本とはいえない。撮りっぱなしの写真もこれと同じです。

――多くの場合は、スマホに写真を入れっぱなしでしょうね。

養老　あったことはしょうがない。だから記憶を残す。これがドキュメントを大切にすることだけど、終戦のとき、日本軍は軍関係の書類・記録を廃棄、焼却したでしょう。戦後の日本ではアーカイブはいちおうあるけれど、あまり整理されていない。ことほどさように日本人は記録を大事にしない。写真を撮りまくったって、どうせほとんど見やしない。記録を大事にしないから、やたらと撮影する。そこに現代の盲点があるように感じる。

それは、世界にものが存在する実体感が希薄になっていることとも関係している。

――実体感ですか?

養老　人間の身体の知覚とカメラという機械の知覚は違うでしょう。カメラの場合、要するに物理的な光のある状況を映していて、写真は、ある意味で光のいたずらとも言える。でも、世界には光があたっていないところもあり、写真の背景には映っていない何かがある。ものの実体感、実在感がある人は、その映らなかったものに思いを寄せるけれど、子どもの頃から自然に接していない今の人は、実体感が希薄だから写真に映っているものがすべてになってしまう。

展示してある虫の実物は肉眼でよく見ず、スマホばかり覗いている人を見ながら、そんなことを考えました。

――ちょっと難しいですが……。

養老　結局ね、実体感っていうのは、自分がどのくらいものごとに一生懸命関わってきたか、どんな日常を過ごしているか、それで決まる。例えば、銀行に勤めている人にとってはお金に実体感があるんだよ。お金が抽象的なものだなんて思ってもいない。面白いのは数学者だね。彼らは数のことしか考えていないから、数は実体なんです。

――「数学的な自然」があるという数学者もいますね。

養老　ここに三個の茶碗があるでしょう。そうすると、数学者は、ここに三という数字が不完全に実現されているって思っている（笑）。

――養老先生にとって実体感があるのは？

養老　もちろん、自然ですよ。でもそういうところで話の合う人が減っちゃった。みんなスマホばかり見ているんじゃ、どうにもならない。時代遅れになったなあ。歳とったなあと思う。

――「『話せばわかる』なんて大うそ！」と『バカの壁』の初版の帯にありました。では、話してもわからない人、権力者とはどうつきあえばよいのか。ますます混迷の時代になってきました。本書に収録した「原理主義vs.八分の正義」の中では、脳は完全ではないので、〈腹八分ではないが、正義も八分だ〉としつつ、〈八分の主張は、十分の主張（原理主義）に短期的には負ける。二分足りないから、負けるに決まっている〉と書いていますね。長期的にみると勝敗はどうなりますか。

養老　コロナが流行し始めた頃、当時の米国のトランプ大統領と英国のジョンソン首相、ブラジルのボルソナロ大統領が、「あんなもの」と言って、マッチョに行動して、三人ともコロナになったことがあったでしょ。結局、あまり極端なことをしていると、いずれ反動というか、マイナスがくる。そう思っています。

――自分は利口だから、「バカの壁」はないと思っている人にひと言お願いします。

養老　これは古くから言われる「謙虚」って言葉ですかね。まあ、自分は馬鹿だと思った方が安全ですよ。そもそもね、人って反省すると「なんて馬鹿だったんだろう」って思うでしょう。これなんですよ。反省しなくたって人は始めから馬鹿なんだから（笑）。

「たった一人の戦争」のこと

――先の戦争では、〈物量に負けた〉と考える養老さんは、戦後も、資源がないという日本の現実を見つめながら、〈たった一人の戦争〉を続けてきたと、本書収録の「日本州にも大統領選挙権を」で書いています。この表現の強烈さには驚きました。

養老　なんかそんな気分があったんだ。戦争は、終わってないよ、ていう。だって今だって、日本には石油や資源、充分な食糧がないという状況はあの戦争のときと変わらない。戦争でぶんどるのはやめて、安いところからじゃんじゃん買ってきているだけ。しかし、その石油はいずれなくなる。それはわかりきったことなのに、石油がつづくことを前提にした生き方をしているとしたら、あの戦争の反省とはなんだったのか。

――確かに、今も当時も日本には石油をはじめ資源が少ない。

養老　今の人にはピンとこないと思うけど、戦前戦中は「持たざる国」という言葉がよく使われていた。アメリカに比べたら日本はほんとうに貧乏で。その恨みつらみがあったんだ。今でこそ、なんであんな馬鹿な戦争をしたのか、と言うけれど、当時は馬鹿のつもりはなかった。むしろ、アメリカの贅沢は許せないっていう空気があった。蛇口ひねったらお湯が出るなんて、今の日本では当たり前だけど、戦前戦中の日本では考えられない。

理屈じゃない。この格差への不満、こんな不公平は許せない、ふざけんじゃないという感情、気持ちが日本人にはあり、それが戦争につながった。でも、このことは戦後、完全に忘れられた。

でも、僕は忘れていない。だから、小さなことでもいちいち抵抗してるの。高級なティッシュで鼻をかむな、贅沢だ、鼻紙でかめ、とかね（笑）。今の人には、そんな感覚ないでしょう。

――ことが経済のことになると、利潤の最大化とか、業務の効率化ばかりが叫ばれ、「ほどほどでいい」という声は出てきません。でも、養老さんは、折りに触れて、「物事はほどほどでいい」とおっしゃいますね。この「ほどほど」ってどのくらいなのでしょうか。

養老 うちのおふくろはね、親父の遺言だとかいって、「十できることは七にしておけ」って、よく言っていた。親父は戦争中だから無理して中国に行って、いろいろ仕事して、結核を悪くしたんだ。それで私が四歳のときに亡くなった。思う存分やって、丈夫ならいいけど病気があったらやっぱり命取りになる。世の中の物事も同じで、ほどほどを過ぎると危ない。必死になると余裕がなくなっちゃうから。

養老 「百できることを百やらない」という常識みたいなものが昔はあったと思います。

――だから、若い頃から「ほどほど」を心がけていた？

養老 心がけたっていうか、親の遺言だから（笑）。

――でも、物事を考え始めると、とことん考えますよね？

養老 考えるのはタダだから（笑）。

老いのこと

――少年時代に思い描いていたお年寄りのイメージと今の状態は、違いますか。

養老　だいたい、歳をとったら、なんてことを若い頃には考えてなかったもんね。歳なんかとらないと思っていた。

――最近、「ああ、歳をとったな」と感じることは。

養老　うーん、あんまりないですね。何か家族が変に大事にしてくれるときかな。なんて言ったら怒られるけど（笑）。

――「自分はもう歳だから、あとのことは知ったことではない」という発言を、還暦を過ぎてからされていますが、近年は、来たるべき大震災についての警鐘をならすなど、日本の将来、子どもたちの未来を考える発言が増えていますね。

養老　以前は、死までの時間があったから、「死んだあとのことは……」と言っていたけれど、今は、死までの距離が近くなっている。その違いじゃないかな。

それとこの歳になると、漠然と世間に借りがあって、それを返そう、いろいろなことをさせてもらった世の中に、お返しってほどじゃなくても、何かしようという気持ちが生まれてくる。自分が、大量のデータを注ぎ込まれたコンピュータだとしたら、最後のアウトプットだよね。

――一〇一歳まで生きたい。今年になってそう思い立ったそうですね。

養老　南海トラフ地震が二〇三八年頃に起こるという説があるけれど、そのときに僕は一〇一歳。この危機をどう乗り切るか、見届けたい。説を唱えている地震学者で、静岡県立大学の尾池和夫前学長と、それまではいっしょに頑張ろうって言っています。

タイトルについて

――養老さんの本を読むと、「わからないからこそ、面白い」といった表現がよく出てきますね。今の時代は、「わからない」ということに耐えられず、すぐに正解を求める風潮がありますが。

養老　だって、「ああすれば、こうなる」ってすぐに答えがわかるようなことは面白くないでしょ。「わからない」からこそ自分で考える。誰でもそうでしょ。競馬とか、パチンコとか、賭け事もそう。結果が見えないから必死になる。それが面白いんだよ。

あとがき

——世間がそうなっているのは、理由がある……

養老孟司

社会時評なんか、自分が書けると思っていなかったし、書く気もなかった。それがなぜか『中央公論』での連載になった。それが今回まとまって本になったから読み返したら、こんなことを自分が考えていたのか、とあらためてびっくりした。歳のせいで、書いたことをほとんど忘れていたからである。

社会で起こる現象に、その都度なにかコメントをしていたら、いくら寿命があっても足りないなあ、と思っていたから、時評はできない、やるまいと思っていた。やってみるとそれができるのだから、自分の思いなんかアテにはならない。

各テーマで書き足りない部分、説明を要する部分を鵜飼さんがインタビューで補ってくれた。自分の意見を書くと、つい満足して、そこで話が終わる。そうはいかないよ、と鵜飼さんが教えてくれたのである。

この連載が終わってから、私の考え方はかなり変わったと思う。歳をとったんだから、当たり前であろう。ただ当時書いた内容に違和感を感じるほどは変わっていない。なにより世間が変わった。これを書いている時点で石破内閣が成立した。自民党の政治体制が経年疲労を起こしたのではないか。そんな疑いを持つと、いやそれより世界全体が疲労したのかもしれないと感じる。じつは自分が歳をとっただけなのであろう。

この夏は暑かった。気候変動は台風やハリケーンにも影響して、世界中で大変なことになっている。いまさら私が心配しても、何ができるということもない。社会について、何か論じる気がしなかったのも、自分では何もできないという思いがあったからだと気がついた。そういう退嬰的な考えはいけないという人もあろうかと思うが、素直にそう思うんだから仕方がない。私にとって世間は生まれる前からあったし、生まれ育つ間にそれに適応するだけで精一杯だった。それを何とか正そうなんていう不遜なことは、夢にも考えたことはない。時評で社会＝世間についてコメントするのは、もうやりたくない。世間がそうなっているのは、それなりの理由があってのことであろう。私はそれを理解していないし、理解する気もない。医学を勉強し、虫について勉強したら、世間を勉強する気も時間も無くなった。人生は短い。私も傘寿に達して、人生はもはや残り少ない。

残った人生でなにをするかを訊かれたら、虫の研究だと答える。これも努力してそうなったわけではない。自然に、ひとりでにそう思うようになった。自分の人生でなにを残したいか、と訊く人もある。とくにない。残るものは残るだろうし、消えるものは消えるであろう。

二〇二四年十月

編者解説

鵜飼哲夫

養老先生の本は、たくさんある。本人ですらどのくらい出ているのかよくわかっていない。放っておくと人が歩くときに困る穴ぼこを埋めること、つまり社会のニーズに応えることが仕事であると先生は思っているから、頼まれた仕事は基本受ける。断る基準を考えるのは面倒という先生らしい〝哲学〟もあるから著作は増えるのだ。

どれから読んだらいいのか、迷う方もいるだろうが、どこから読んでもかまわない。解剖学の道を掘り下げ、世界を斬新に解読する先生の個性が、どの本を読んでも判子のように押されていて、世の常識をひっくり返す面白さを味わえるからである。ただ、その表現の形、語り口は本によって異なり、大きくいうと著作には三つのタイプがある。

第一は、東京大学教授時代に出した初期の単行本『形を読む』（一九八六年、培風館）や人工物に囲まれた都市に住む現代人は脳の中に住むと喝破した『唯脳論』（一九八九年、青土社）をはじめとした専門書で、これらは学術用語が多く、密度が濃い。これに対して、論理的にじっくり思索したことを先生が聞かれるままにおしゃべりし、それを編集者が一般向けにまとめたのが第二のタイプである。『形を読む』に登場した〈馬鹿の壁〉を題名にしてベストセラーとなった『バカの壁』（新潮新書）はその第一弾で、今日ではこのタイプがもっともポピュラーになっている。

第三のタイプが、本書のように求められるままに雑誌や新聞に寄稿したエッセイ、小論である。養老さんは一九七〇年年代後半までは論文が中心だったが、そこでは論理の構築に手落ちがないよう、理詰めで書くことが要求される。それが窮屈になり、自分が面白いと思ったことを存分に表現しようと決めた。著作で最初に世間から評価されたのはこうした文章で、解剖学者の目からヒトの身体と脳に迫ったエッセイ集『からだの見方』（一九八八年、筑摩書房）は一九八九年度のサントリー学芸賞を受けている。

養老さんの思考そのものを楽しむという点では、こうした時局的エッセイ集がいちばんともいえる。なぜなら、締め切りに追われながら、折々の思索を書いた文章には、先生の個性、発想の独創性が生の形で表現されているからである。わかりやすさのために文章のクセや個性を抑えることもない。難しいことでも必要ならば思い切って書く。自分の中にある考えをふたつの人格に分けて、対話をさせる形で文章を進めていくことも辞さない。『養老孟司の旅する脳』（二〇〇九年、小学館）では自らこう述べている。

ところが僕がこの方式で書くと、編集者に「一般読者にはわかりにくい」と言われることが多い。でも普通の人だって、ああでもない、こうでもないと考えを巡らせるとき、自分の中にふたりいるのではないだろうか。

歴史上の古い文献にも、対話形式で書かれたものがある。古代ギリシャの哲学者、プラトンの『ソクラテスの弁明』などがそうだし、孔子の『論語』も、問いに対する答えの形をとっている。質問・疑問に対して答え、説明する。その説明の中から、また疑問・反論が出てきて……と繰り返していくのが科学の考え方である。

本書では、一九九六年から二〇〇七年まで雑誌『中央公論』に断続的に連載された時評的なエッセイから、今日の読者にも伝えたいと思った作品を選んだ。二〇〇三年に刊行された『バカの壁』前後の発言が中心で、通読していただければ、養老さんの思考のエッセンスがいかに生まれ、成長していったかがわかるだろう。イラク派兵、米国の

9・11同時多発テロなど世界を震撼させた出来事があっても揺らぐことのない先生の考えも本書を通読すればよくわかり、その思考が現代においても通じる強度をもつことに感嘆するはずだ。収録の「原理主義vs.八分の正義」にはこうある。

いくら自分で正しいと信じるにしても、それはたかだか千五百グラムの脳味噌が、そうだと思っているだけのことでしょうが。エルサレムだって、考えようによっては、ただの地面じゃないですか。もっとも原理主義の国でそんな主張をしたら、殺されるのがオチでしょうけどネ。どんな主張であれ、原理主義は困ったものだ。私はそう思います。しかし原理主義的なものすべてに反対すると、これは「原理主義に反対するという原理主義」になってしまいます。

では、どう考えたらよいのか。ぜひ、本書を読んで、先生とともに考えを深めてもらいたい。現代の閉塞を打破するヒントがそこかしこにある。頭で考えたことを絶対視し、「ああすれば、こうなる」式に思考し、都市化、「脳化」を推し進めてきた戦後の日本社会に対して、「たった一人の戦争」という言葉で向き合う「日本州にも大統領選挙権を」には選者も驚いた。養老さんがこんな強烈な言葉を使うことはあまりないからだ。本書ではこうした幼少期の戦争・戦後体験から生まれた言葉も随所に顔を出す。科学的、普遍的な思考を目指しながらも先生の言葉に重力があるのは、生身の身体に表現が根ざしているからだろう。

聞き手を務め、一年前に刊行した養老さん初の自伝『なるようになる。僕はこんなふうに生きてきた』のあとがきには、〈この本をきっかけにして、養老さんの著作を読んでもらいたい〉と書いた。その姉妹編ともいうべき本書を読めば、頭の筋肉が鍛えられ、なにより、脳もまた身体であることに気づき、暴走しがちな頭を冷やしたくなるはずである。

選を終えてから、養老さんにインタビューし、「二十年後のQ＆A」を付した。先生の文章を読み、脳の汗をかいた後には、知的刺激とユーモアにあふれる先生のトークを楽しんでほしい。自分でいうのもなんだが、『わからないので面白い』は、養老先生の書き言葉と語りを同時に味わえる、おいしい本である。

二〇二四年九月九日

本書は、著者が一九九六年から二〇〇七年に『中央公論』に断続的に連載した時評エッセイから編者が二十二篇選び、テーマ別に編集したものです。初出は各篇文末を参照。底本には以下の中公文庫版を使用しました。

『毒にも薬にもなる話』（二〇〇〇年十一月）
田舎は消えた／メメント・モリ／歴史

『まともな人』（二〇〇七年一月）
現代こそ心の時代そのものだ／原理主義vs.八分の正義／学習とは文武両道である／教育を受ける動機がない／子どもが「なくなった」理由／わかってます／ありがたき中立／日本州にも大統領選挙権を

『こまった人』（二〇〇九年五月）
犬と猿／養鶏場に似るヒト社会／人格の否定／人生安上がり

『ぼちぼち結論』（二〇一一年六月）
公平・客観・中立／子どもの自殺／抽象的人間／自由と不自由／モノですよ、モノ／データ主義／終わりは自然

養老孟司（ようろう・たけし）

1937年鎌倉市生まれ。東京大学医学部を卒業後、解剖学教室に入る。東京大学大学院医学系研究科基礎医学専攻博士課程を修了。助手・助教授を経て81年より東京大学医学部教授、95年退官。96年から2003年まで北里大学教授。東京大学名誉教授。1989年『からだの見方』でサントリー学芸賞、2003年『バカの壁』で毎日出版文化賞特別賞を受賞。ほかに『唯脳論』『無思想の発見』『ヒトの壁』『なるようになる。』など著書多数。

編者　鵜飼哲夫（うかい・てつお）

1959年名古屋市生まれ。中央大学法学部法律学科卒業後の83年、読売新聞社に入社。91年から文化部記者として文芸、書評を主に担当する。2013年から編集委員。著書に『芥川賞の謎を解く　全選評完全読破』『三つの空白　太宰治の誕生』、編書に『芥川賞候補傑作選』。

題字・画　浅妻健司
装幀　中央公論新社デザイン室

わからないので面白《おもしろ》い
——僕《ぼく》はこんなふうに考《かんが》えてきた

2024年11月25日　初版発行
2025年2月20日　3版発行

著　者　養《よう》老《ろう》孟《たけ》司《し》
編　者　鵜《う》飼《かい》哲《てつ》夫《お》
発行者　安部順一
発行所　中央公論新社
〒100-8152　東京都千代田区大手町1-7-1
電話　販売 03-5299-1730　編集 03-5299-1740
URL https://www.chuko.co.jp/

DTP　市川真樹子
印　刷　TOPPANクロレ
製　本　大口製本印刷

Published by CHUOKORON-SHINSHA, INC.
Printed in Japan　ISBN978-4-12-005855-4 C0095

養老孟司の本

なるようになる。
――僕はこんなふうに生きてきた

人生は、なるようになる――これがひとまずの結論です。敗戦と教科書墨塗り体験から、虫採り少年時代、愛猫「まる」との出会いなど八六年を語りつくす。養老先生はじめての自伝。〈単行本〉

養老孟司の幸福論
――まち、ときどき森

何でもそろう便利な生活は、本当に幸せなのだろうか。「都市と田舎を参勤交代」「自分の人生は自分のものではない」などユニークな視点で豊かさを考え直す、養老流幸福論。〈中公文庫〉